우리가 우리에게 닿기를

우리가 우리에게 기록함

어느 이탈리아 가이드 가족의
팬데믹 일상을 여행하는 방법

김민주 지음

처음
처음소

차례

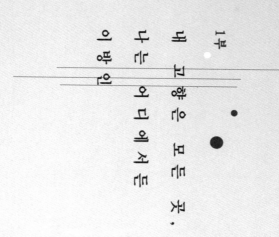

1부

내 고향을 모르는 곳,

나는 어디에서는

이방인

01

평범하기 때문에
평범하지 않은 꿈을 꾸었다

돌이켜보면 사랑은 언제나 사소한 이유에서 시작되었다. 카페 문을 열고 들어오는 순간 그 해사한 미소가 아름다웠다든가, '커피'라고 발음하는 입 모양이 유난히 귀여웠다든가, 아니면 찻잔을 잡은 손이 예뻤다든가. 그렇게 내 사랑은 늘 마음을 흔드는 짧은 파장으로부터 왔다.

내가 이탈리아를 꿈꾸기 시작한 건 애니메이션에 한창 빠져 있던 중학교 1학년 때였다. 방과 후나 주말이면 시내의 한 지하상가로 달려가던 시절이었다. 당시 국내엔 일본 영화와 음반이 정식으로 수입되지 않았기 때문에 일본 애니메이션을 볼 수 있는 유일한 방법은 그 지하상가에서, 굵은 매직으로 제목을 휘갈겨 쓴 불법 복제 비디오테이프를 사는 것이었다. 그렇게 지브리 스튜디오의 애니메이션 〈귀를 기울이면〉을 만났다.

영화 속에서 중학교 3학년인 세이지는 고교 진학을 포기하고 바이올린 만드는 기술을 배우기 위해 이탈리아의 크레모나로 떠난다. 나는 또래의 세이지에게 깊이 몰입했다. 영화를 다 보고 다짐했다. 반드시 이탈리아에 가겠다고.

나 혼자서도 씩씩하게 잘 살아보자
다짐했었지 너무 슬퍼도 울지는 말고
멋지게 당당하게 살아가자고
컨트리 로드
이 길 따라 계속 걸어나가면
우리 마을 보일 것 같아
저기 멀리 컨트리 로드

영화 마지막에 흐르던 〈컨트리 로드〉가 아직도 귓가에 맴도는 것 같다. 그때 내 마음에 인 짧은 파장은 시간이 지날수록 점점 더 넓게 번져나갔고, 결국 나는 열병을 앓게 되었다.

인터넷 같은 건 없던 시절의 이야기다. 나는 시간이 날 때마다 동네 도서관이나 서점으로 달려가 영문으로 된 이탈리아 사진집을 찾아봤다. 그렇게 나만의 이탈리아 여행은 북쪽의 작은 도시에서 출발해 로마로, 남쪽 지방으로 점점 더 확장되었다. 책을 통한 여행이 주는 즐거움을 안 뒤로는 이탈리아를 배경으로 한 영화와 소설, 만화책까지 모조리 섭렵했다.

요시다 슈이치의 소설 『7월 24일 거리』 속 주인공은 그토록 꿈에 그리던 포르투갈 리스본에 도착했을 때 전혀 낯설어하지 않는다. 자신이 사는 마을을 걸으면서도 늘 리스본의 거리를 상상했기 때문이다. 그 시절의 내가 그랬다. 동네를 걸으며 이곳이 이탈리아의 어딘가라고 생각했다. 그러면 익숙한 골목길도 순식간에 이탈리아의 낯선 마을로 바뀌어 눈앞에 펼쳐졌다. 내가 꿈꾸는 모든 미래의 풍경엔 이탈리아가 있었다. 이탈리아 아닌 다른 곳에서의 내 모습은 상상조차 하지 않았다.

대학생이 되어서도 열병은 계속되었다. 하지만 꿈은 막연했고 미래는 막막했다. 해외여행조차 흔치 않던

20세기 말의 한국이었다. 밀레니엄이라는 말이 여전히 낯설기만 했던 어느 날, 아르바이트를 하던 카페의 유학파 사장이 한 말에 머리가 띵 하고 울렸다.

"그거 알아? 이탈리아에선 커피 만드는 일도 기술이고 직업이야. 거기선 커피 만드는 사람을 바리스타라고 불러."

드디어 운명의 직업을 찾은 느낌이었다. 이탈리아에 가서 바리스타가 되어야겠다고 결심했다. 하지만 내 고향 대구에는 스타벅스도 없었고(해운대에 스타벅스 부산 1호점이 문을 막 열었던 때다), 포털 사이트에 '바리스타'를 검색해도 어떤 정보도 나오지 않았다.

사람이 무엇 하나에 열망을 품으면 두려움 따윈 없이 그것을 향해 돌진하게 된다. 더욱이 그때 나는 이십대 초반이었다. 아, 불나방이라는 게 이런 거구나 싶었다. 실패를 감당하고 자기 결정에 책임을 지는 일이 무슨 의미인지 알 리 없었고, 알고 싶지도 않았다.

나는 자퇴를 선언했다. 대학 졸업장도 포기하고 이탈리아로 떠나겠다는 딸에게 아빠는 소리쳤다.

"쓸데없는 소리 하고 있네. 야! 커피는 네 엄마가 잘 탄다."

충분히 예상한 반응이었고, 그 어떤 말도 귀에 들어오지 않았다. 아빠의 반대는 오히려 불쏘시개가 되어 내 열망을 활활 불타오르게 할 뿐이었다. 그 어떤 역경도 내 결심을 꺾을 순 없으리라 믿었다. 그러나 꿈은 너무나도 허무하게 접히고 말았다. 이탈리아로 떠날 거라고, 끝까지 가보지 않으면 제대로 포기조차 할 수 없을 거라고 호기롭게 외치던 나는 어느 순간 거짓말처럼 그 자리에 우뚝 멈췄다.

그즈음 IMF가 터졌고 가세는 급격하게 기울었다. 대학 시절 내내 도시락을 싸 다녔고, 하루에 두 개 이상 아르바이트를 해야만 했다. 가난이 사람을 어디까지 끌어내릴 수 있는지 뼛속 깊이 느꼈다. 이보다 더 무모한 상황으로, 더 가난한 지경으로 뛰어들 자신이 없었다. 그것이 내가 꿈을 접은 진짜 이유였다. 과감하게 떠날 용기도 없으면서, 대학을 다니는 내내 내가 있어야 할 자리는 여기가 아니라는 생각에 어디에도 마음을 두지 못한 채 유령처럼 떠다녔다.

나는 지극히 평범했고 현실은 지독히 진부했다. 평범함을 벗어나고 싶어서 평범하지 않은 꿈을 꾸었다. 특별한 사람이 되고 싶었다. 간절하게, 특별한 인생을 살고 싶었다. 그러나 현실과 이상의 격차가 너무 컸다. 한 방울의 달콤함 뒤에 절망이 콸콸 쏟아지는 꿈이었다. 타고난 운명을 바꾸기 위해 목숨을 걸 만한 각오가 내겐 없었다. 그래서 책임지지도 못할 허세만 부리다가 다들 말리니까 슬그머니 꼬리를 내렸다.

'내가 포기한 게 아니에요. 다들 아니라고 하니까 어쩔 수 없이 내 꿈을 포기해드리는 겁니다.'

이게 진실이었다. 하지만 어떻게 포장해도 내가 스스로 포기했다는 사실은 바뀌지 않았다. 나는 허공에 살짝 떠 있는 것 같은 무중력의 나날을 보냈다. 자정을 훌쩍 넘긴 시간에 아르바이트를 마치고 집으로 향할 때마다 평생 끝나지 않을 것만 같은 지긋지긋한 가난이 내 뒤를 따라왔다. 만화 속 그 흔한 해피엔딩조차 꿈꿀 수 없었다. 나는 앤도 아니고 캔디도 아니었으니까. 그래서 퇴근길 내내 길고 길게 울었다. 그래야 집에 들어갈 수 있었다.

그리고 얼마 뒤, 나는 엄마를 눈앞에서 교통사고로 잃었다.

엄마는 내 철없음이 허락되는 유일한 보호막이었다. 사사건건 아빠와 부딪치는 나를 품어주고, 내 허황된

꿈에 늘 귀 기울여주던 사람. 엄마의 죽음은 가난한 현실 그리고 나의 위치를 잔인하도록 정확하게 마주하게 해주었다. 세상은 나를 마냥 주저앉아 슬퍼하게 내버려두지 않았다. 대학을 졸업했으니 제대로 된 직장을 구해야만 했다.

원서 접수와 면접으로 하루하루를 보내던 어느 날, 우연히 투어 전문 여행사 '유로자전거나라'를 알게 되었다. 여행사 홈페이지를 찾아 들어갔는데 '이탈리아 현지 가이드'라는 문구가 눈에 띄었다. 이탈리아에서 살면서 돈을 벌 수 있는 방법을 발견한 것이다. 직원 모집 기간은 아니었지만 장문의 메일을 보냈다. 며칠을 기다려도 답이 없어 무작정 서울에 있는 사무실을 찾아갔다. 대구에서 올라온 나를 그냥 돌려보낼 순 없었는지 현장에서 즉석 면접이 이뤄졌다. 모든 질문이 끝나고, 지금은 고인이 된 실장님이 마지막으로 물었다.

"이탈리아에 가고 싶은 진짜 이유가 뭐예요? 사람이 좋고 여행이 좋아서 가이드를 하고 싶은 거라면 그냥 돌아가세요. 너무나 힘든 직업입니다. 간절한 무언가가 없으면 버티기 힘들어요."

"저는 살고 싶어요."

그랬다. 나는 죽지 않고 살고 싶었다. 엄마의 죽음으로부터, 별 볼 일 없는 나로부터 도망치고 싶었다. 애니메이션 주인공을 향한 동경이나 바리스타의 꿈 따위는 이미 안중에 없었다. 여행 가이드 일에 소명 의식을 느껴서는 더더욱 아니었다. 우선 나부터 살고 봐야겠다고, 그러니 이탈리아로 보내달라고 애원했다. 실장님이 말했다.

"가이드 일도 이탈리아에서 사는 일도 정말 힘들어요. 그런데 민주 씨는 이겨낼 것 같아요. 민주 씨의 그 이유가 그곳에서의 삶을 버티게 해줄 거예요. 그래요, 이탈리아에 가세요."

내 나이 스물다섯 살이었다. 그런데 사람 마음이 참 간사했다. 막상 떠날 날이 다가오자 두려움이 몰려왔다. 현지에 있는 대표님에게 직접 전화를 걸었다. 이것저것 질문을 쏟아내는 나에게 그는 짧게 말했다.

"도전 정신! 그것 하나만 가지고 오세요."

돌이켜보면, 불안해하는 신입사원에게 믿음을 주기에 당시 회사 상황은 너무나도 열악했다. 대표로서 그가 해줄 수 있는 말은 '도전 정신'뿐이었으리라. 그러나 그 말은 어떤 현실적인 약속이나 응원보다도 내게 든든하게 와닿았다. 마치 슬픔에 짓눌려 있지 말고 앞으로 나아가라는 정언처럼 들렸다.

2006년 6월, 그렇게 나는 먼 길을 돌아 이탈리아에 도착했다.

02

전율의 공유

2006년 6월의 이탈리아는 지중해의 뜨거운 태양과 독일 월드컵으로 활활 불타고 있었다. 당시의 내 온도도 그랬다. 여행 가이드는 예상보다 훨씬 힘든 일이었다. 이 세계로 들어와보지 않으면 절대 알 수 없는 수많은 어려움이 있었지만, 그만큼 보람도 있었다. 로마에서의 생활은 애니메이션처럼 아름답지 않았으나 매번 새로운 감동을 선사했다. 나는 하루 일과를 마치고 집으로 돌아가는 길목에서 매일 울었다. 늘 새롭게 펼쳐지는 기적 같은 일상이 너무나도 벅찼기에.

이탈리아 현지 가이드로 일하면서 누리게 된 가장 큰 기쁨은 일상 곳곳에 자연스럽게 예술이 스며든다는 것이었다. 역사에 이름을 남긴 거장들의 예술 작품 앞에서 받는 감동은 어찌 보면 당연한 것이겠지만, 거기엔 매번 다른 느낌이 있었다. 알아야 보이고 보여야 느낄 수 있는 것들이 있었다. 오랜 세월 작품에 깃든 빛은 내 삶도 빛나게 했다. 나는 하루가 멀다 하고 미켈란젤로와 라파엘로와 레오나르도 다빈치의 작품 앞에 섰다. 처음에는 그저 손님들에게 공부한 내용만을 전달하는 데 급급했는데, 계속 보다 보니 다른 것들이 느껴지기 시작했다. 그 느낌은 매일 달랐고 매년 변했으며 이십대에서 삼십대로 넘어가면서는 보이지 않던 것들까지 볼 수 있게 되었다.

이탈리아에 와서 반년 가까이, 엄마의 부재를 떠올리더라도 울지 않았다. 단 한 번도. 슬프지 않아서가 아니라 실감이 나지 않아서였다. 장례를 치르고 100일도 지나지 않아 떠나온 탓에 엄마의 부재는 여전히 거짓말 같았다. 그런데 어느 날 투어를 마치고 혼자 성베드로 성당에 들어섰다가 한 조각상 앞에서 나도 모르게 울고 말았다.

미켈란젤로의 〈피에타〉였다. 순백색의 대리석으로

만든, 예수의 시신을 안은 어머니 마리아의 조각상. 피에타는 '비탄'이라는 뜻이다. 예수를 잃은 이들의 슬픔, 아들을 잃은 어머니의 슬픔이다. 처음 〈피에타〉를 마주했을 때 죽은 예수를 바라보는 마리아의 얼굴이 너무나 무뚝뚝해서 당황스러웠다. 인간의 손으로 만들었다고 도저히 믿을 수 없을 정도로 정교하고 아름다운 작품이었지만, 가슴이 벅찰 정도의 감동을 받진 못했다. 그런데 그날은 무표정한 마리아의 얼굴이 내게 이렇게 말을 건네는 듯했다.

'너도 눈물이 안 날 만큼 믿기지 않지? 나도 그래.'

그의 표정은 무뚝뚝한 게 아니었다. 나처럼 슬픔을 실감하지 못할 뿐이었다. 엄마의 죽음 이후 처음으로 누군가가 나를 온전히 이해해주는 기분이 들었다. 나는 그만 조각상 앞에 주저앉아 목을 놓아 울었다. 반년을 참아온 눈물이 쉼 없이 쏟아졌다. 마음 깊은 곳까지 연결된 마르지 않는 눈물샘이 있는 것 같았다.

'왜 하필 저였을까요. 왜 제가 엄마의 마지막을 봤을까요. 어떤 죄를 지었기에 엄마가 그리울 때마다 그 장면을 떠올리게 하시나요.'

실체 없는 대상에게 원망을 토해냈다. 아빠를 홀로

집에 남겨두고 온 것이, 사회 초년생인 오빠에게 가족의 모든 짐을 맡긴 채 멀리 떠나온 것이 미안해서 눈물이 멈추질 않았다. 사실 그냥 울고 싶었는지도 모른다. 그동안은 '엄마가 아닌 내가 애틋하고 불쌍해서 울고 싶은 건 아닐까' 하는 마음에 울 수 없었다.

후에 엄마가 되고 삼십대가 된 내가 〈피에타〉를 마주했을 때는 예수보다 어려 보이는 마리아의 얼굴이 눈에 들어왔다. 미켈란젤로를 시기한 많은 이가 예수보다 어려 보이는 마리아의 얼굴에 대해 흠을 잡을 때마다 그는 성스러운 여인은 늙지 않는다고 대꾸했다고 한다.

후대 사람들은 미켈란젤로가 다섯 살에 어머니를 잃었기에 그의 기억 속 어머니의 모습도 거기까지가 아닐까 추측했다. 부모의 늙은 모습을 상상하지 못하는 것은 아무리 생각해도 가슴 아픈 일이다.

투어를 하면서 가장 많이 만난 여행객은 어머니와 딸이었다. 가이드 일을 시작한 첫해에는 그 모습이 그저 부럽기만 했다. 그런데 어느 순간 감정이입이 잘 되지 않았다. 나도 모르는 사이 의연해져서 그런 거라 생각했는데, 아니었다. 내 기억 속 엄마는 늘 오십대였다. 나의 엄마는 영원히 그 시간에 머물러 있었다. 내가 나이 드는 만큼 내 또래의 엄마들도 늙어가는데, 엄마의 나이듦을 지켜볼 수 없는 나는 오십대를 훌쩍 넘긴 엄마의 모습을 상상하면 그저 낯설기만 하다. 아흔 살까지 살았던 미켈란젤로도 다섯 살 때 마지막으로 보았던 엄마의 모습에만 평생 머물러 있었던 걸까. 성스러운 여인은 늙지 않는다던 그의 대답 뒤에 숨은 깜깜한 슬픔이 느껴졌다.

그날 이후, 투어를 마치면서 사람들에게 엄마 이야기를 들려주었다. 말을 함으로써 현실을 받아들였다. 내가 그랬듯 다른 누군가에게도 맘껏 울어도 된다고 말해주고 싶었다. 투어를 마치고 나면 숙소로 돌아가지 않고 나를 기다리는 여행객들이 매번 있었다. 누군가는 그날이 언니의 기일이라고 말해주었고, 누군가는 엄마가 돌아가시고 여행을 왔노라 이야기해주었다. 또 누군가는 결혼 전 아빠와의 마지막 여행으로 바티칸에 왔다고 했다. 그들은 내 이야기를 듣고 오랜만에 울었다고, 고맙다며 손을 꼭 잡아주었다. 각자의 슬픔을 나누며 우린 그렇게 〈피에타〉 앞에서 마음껏 울 수 있었다. 예술이 우리를 서로에게, 또 우리가 사랑하는 이들에게 닿게 했다.

예술이 삶으로 쑥 들어왔을 때 느끼는 기쁨과 위로
는 몰라도 크게 상관없는 감정일 테지만, 그것을 경험
하는 순간 생은 더 아름다워진다. 예술이 일상과 동떨
어져 있는 무엇이 아니라 지극히 개인적인 슬픔과 고통
에 위안이 될 수도 있음을 전하고 싶었다. 미술관 창으
로 쏟아져 들어오던 환한 햇살은 언제나 나를 설레게
했다. 그런 나를 바라보는 이들의 마음도 함께 설레고
있다는 게 온전히 느껴졌다. 내가 느끼는 것을 당신도
느끼는 전율의 공감에 매 순간 몸이 뜨거워졌다.

로마에서 운전을 시작합니다

　　　　엄마의 교통사고를 눈앞에서 목격한 뒤로
내 인생에 운전은 절대 없을 거라고 다짐했다. 애써 기
억할 필요도 없이 눈만 감으면 그날이, 그날의 엄마 모
습이 적나라하게 되살아난다. 16년 전 그날이 마치 손
만 뻗으면 닿을 수 있을 만큼 가까운 어제 같다.

　갑자기 파란색 트럭이 우리를 향해 돌진했고, 허공
에 뜬 엄마의 몸이 활처럼 휘었다. 119에 전화할 테니
엄마를 안고 있으라던 트럭 운전사는 급히 시동을 걸
더니 어디론가 사라졌다. 피가 밖으로 흐르지 않아 엄
마의 얼굴이 금세 풍선처럼 부풀어 올랐다. 나는 떨리
는 손으로 휴대전화의 119 버튼을 눌렀다. 아빠에게

전화를 걸면서 마지막으로 본 자동차 번호판을 입으로 몇 번이나 되뇌었는지 모른다. 엄마의 평소 얼굴은 흐릿해져가는데 그 순간만큼은 너무나도 선명하다. 어떤 기억은 참 모질고 잔인하다.

'신은 왜 내게 엄마의 마지막 표정을 이토록 생생하게 각인시켰을까? 나는 언제까지 그날을 기억해야 할까?'

그날 이후 자동차가 내 옆을 지나만 가도 심장이 내려앉았다. 자동차 때문에 누군가의 삶이 송두리째 바뀔 수도 있다는 사실을 떠올리면 마음이 서늘해지고 손이 벌벌 떨렸다.

이탈리아는 대중교통이 발달하지 않은 나라다. 운전을 할 줄 모르면 고립되기 쉽다. 심지어 육아까지 한다면 더욱 그렇다. 그나마 집이 로마 중심지에 있어서 택시를 이용해 그럭저럭 버틸 수 있었다. 그런데 아이들이 자라고 일상의 반경이 넓어지면서 더 이상 버틸 수 없게 되었다. 언젠가는 운전을 배워야 한다는 걸 알고 있었지만, 몸도 마음도 쉽게 움직일 수 없었다.

아이러니하게도 내가 용기를 낸 건 또 다른 죽음 때

문이었다. 몇 해 전부터 주변에서 가슴 아픈 소식들이 들려왔다. 누군가의 투병이나 죽음 같은 것들. 이런 소식들이 더는 낯설지 않은 나이임을 실감하는 날들이 이어졌다. 한국에서, 또 이탈리아 로마에서 비슷한 삶을 일궈나가는 이웃의 비보를 접하는 일은 고통스러웠다. 로마에 자리를 잡은 이들 대부분은 가장의 직업 때문이었다. 한 번도 만난 적 없는 아버지들의 아픔과 죽음이었지만 나와 거리가 먼 일처럼 느껴지지 않았다.

그러고 보면 생은 참 얄궂다. 엄마의 사고로 삶에서 지워버린 운전을 다른 집 가장의 죽음으로 다시 삶의 한복판으로 들여놓게 되었으니까. 엄마로 그리고 이방인으로 살면서, 아무도 내게 도움을 줄 수 없는 순간에도 당황하지 않도록 최대한 많은 기술을 익혀야 한다고 생각했다. 그 준비를 위기의 순간이 오기 전 현재의 일상에서 해야겠다고 다짐했다.

"새해에는 운전을 배우겠어."

남편에게 선언했다. 주변에도 널리 알렸다. 한국에 있는 아버지는 딸의 이야기에 차마 기뻐하지 못했다.

"그래. 운전을 할 줄 알면 좋지. 그런데 항상 조심해야 해."

두려움을 극복하는 방법은 그냥 하는 것. 나는 생각이 길어지다 보면 어느새 빠져나갈 구멍을 찾게 되니까. 그냥 눈을 질끈 감고 어금니를 꽉 깨물고 해보자. 다짐했다. 남편은 'P' 자를 붉은색으로 아주 크게 프린트해서 차 뒤에 붙였다. 이탈리아에서 초보 운전을 뜻하는 마크다. 공터에서 두 번 정도 운전 연습을 한 다음 남편은 순환도로로 나가보자고 말했다. 순환도로는 로마 외곽을 둘러싸고 있는 도로인데, 한국의 고속도로와 비슷하다. 망설이는 내게 그는 말했다.

"막힘없이 달려봐야 핸들 잡는 감각이나 액셀 밟는 정도를 확실하게 알 수 있어."

그래, 해보자. 어금니 꽉 깨물고. 하지만 눈은 최대한 크게 뜨고.

내가 운전을 시작할 거라고 하니 모두가 입을 모아 말했다.

"운전을 배우기엔 로마가 서울보다 나을 수 있어."

"무슨 소리야? 중앙선 없는 도로가 대부분인 데다 길은 좁고 차들은 함부로 끼어드는데?"

"그래도 여긴 초보 마크 붙어 있으면 알아서 다 비켜줘. 경적을 울리는 일도 없고 끝까지 기다려주거든."

정말 그랬다. 주차된 차를 세월아 네월아 하며 빼는 데도 누구 하나 재촉하거나 경적을 울리지 않았다.

운전을 하면 속력을 내는 게 가장 두려울 줄 알았다. 하지만 정작 무서운 건 내 집 앞에서 차를 빼 큰길로 나가는 일이었다. 막상 순환도로를 타고 나니 온몸의 긴장이 풀렸다. 어느새 정신을 차려보니 속도는 시속 100킬로미터를 넘고 있었다.

"잘하고 있어. 아주 잘해."

남편은 내가 작은 실수를 해도 언성을 높이지 않고 격려해주었다. 딱 한 번 "뭐 하는 짓이야!" 소리를 질렀는데, 내 앞으로 한 엄마와 아이가 손을 잡고 지나가고 있을 때였다. 나는 그들이 길을 건너는 것을 보면서 속력을 줄이고 천천히 움직였다. 그때 남편이 소리를 질렀다.

"멈춰! 정지하라는 말이야! 저들이 길을 다 건널 때까지 완전히 멈춰 있어야 한다고! 당신이 그렇게 조금씩 움직이면 얼마나 불안하겠어. 당신이 애들하고 길 건널 때 차를 움직이는 사람이 있었어?"

눈물이 쏙 빠질 만큼 혼이 났다. 그제야 로마에서 6년 넘게 아이를 키우며 수없이 길을 건너는 동안 그 어떤 차도 움직이거나 경적을 울리지 않았다는 사실을 깨달았다. 로마의 운전자들은 나와 아이들이 완전히 인도에 오를 때까지 가만히 기다려주었다.

"아, 미안해서 어쩌지. 미안해서."

나는 엄마와 아이가 인도로 올라선 것을 확인한 뒤 그렇게 중얼거리며 다시 시동을 걸었다.

한국에서 휴가를 보낼 때였다. 아이가 길을 그냥 건너려고 하자 아버지가 아이를 끌어안으며 말했다.

"니 그라믄 큰일난다. 여기는 그냥 친다."

세상 모든 것을 눈에 담고서야 걸음을 떼겠다는 아이들을 기다려주지 못하는 사회에서 매일 찻길을 건너야 하는 한국의 엄마들은 얼마나 마음을 졸일까. 나는 횡단보도를 건널 때마다 장난을 치며 천천히 걷는 아이를 재촉하면서도, 그런 우리를 바라보는 차창 속 이탈리아 운전자에게 늘 미안한 눈빛을 보낸다. 그럴 때면 단 한 명도 예외 없이 웃으며 손을 흔들어줬다.

'애들이 다 그렇지. 이거 잠깐 기다리는 게 뭐 큰일이라고. 마음 쓰지 말고 건너가.'

그들의 눈빛은 이렇게 말하는 듯했다.

순환도로에선 해볼 만하다 싶었는데 다시 시내 중심

가로 들어서니 어깨에 잔뜩 힘이 들어갔다. 터널을 지날 땐 숨이 잘 안 쉬어져 심호흡을 몇 번이나 했다. 잔뜩 긴장한 내 모습을 유심히 바라보던 남편이 말했다.

"부드럽게 정차할 것, 핸들을 너무 급하게 꺾지 말 것. 자신감은 중요하지만 자칫 자만해서 긴장을 놓치지 말 것."

핸들을 잡고 있으니 세상의 모든 운전자가 대단해 보였다. 좁은 공간에 차를 욱여넣어 주차하는 사람들에겐 존경심마저 들었다.

첫 주행을 마치고 무사히 귀환했다. 15년 만에 결국 이 로마 땅에서 운전을 시작하다니. 내가 생각해도 첫 주행치곤 썩 괜찮았다. 어쩌면 나, 운전에 소질이 있는지도 몰라. 삶은 대부분은 실전이고, 실전에서 실수를 거듭하며 완성해나가는 과정 아닐까. 하지만 운전만큼은 실전에서 실수가 없어야 한다. 그래서 충분한 연습이 필요하고, 결국에는 홀로서기를 해야 한다. 무법천지 교통으로 악명 높은 로마지만 초심자를 배려해주는 곳이니 당황하지 말자. 나에게 허용되는 실수는 길을 잘못 들어서는 것뿐이다.

운전에서 중요한 것.

반드시 멈춰야 하는 곳에 멈추기.

성급히 멈추지 않기.

방향을 급격히 틀지 않기.

생각해보니 사는 일과 크게 다르지 않은 것 같다.

다시 운전대를 잡는다. 출발하기 전 잠시 눈을 감는다. 더 이상 내 눈앞에 펼쳐지는 건 엄마의 마지막 모습이 아니다. 지중해가 펼쳐진 어느 해안도로다. 공포와 고통이 아닌 평화와 안식이 있는 곳. 나는 이제 도망치지 않는다. 듬성듬성한 삶의 빈자리에 새로운 경험들을 채우는 일, 그것이 내 앞의 풍경을 바꿔놓았다. 내게 운전은 이제 공포가 아니다. 오히려 나를 끈질기게 따라붙는 공포를 조수석에 태우고 로마의 순환도로를 드라이브한 다음 멋지게 파킹하는 일. 나는 운전을 배우며 슬픔을 털어내고 기쁨을 얻게 됐다.

나는 로마에서 운전을 시작했다.

난 왜
분홍색 얼굴이 아니야?

엄마가 되기 전의 일이다. 로마에서 알고 지 낸 한 가족이 있었는데, 아이가 초등학교에 입학하기 전 이곳 생활을 정리하고 한국으로 돌아갈 예정이었 다. 헤어지기 전에 만난 아이는 이탈리아 남부로 여름 휴가를 다녀왔고, 얼굴이 아름답게 그을려 있었다. 즐 겁고 행복해 보였다. 이탈리아의 눈부신 일상을 뒤로 한 채 한국으로 가야 하는 아이의 마음은 어떨지 궁금 했다.

"한국에 돌아간다고 하니 기분이 어때?"

아이의 대답은 의외였다.

"너무 좋아요. 거긴 다 저처럼 생겼잖아요."

당시엔 그렇게 생각할 수도 있지, 하고 대수롭지 않게 넘겼지만 엄마가 된 후에 문득 그 아이의 대답이 내 앞에 툭 던져졌다. 그러고는 내 곁을 떠나지 않고 계속 맴돌았다.

첫아이 이안이 다섯 살 때 유치원을 다녀와서 물었다.

"엄마, SKY는 왜 스키가 아니고 스카이야?"

스카이는 이안과 같은 반 중국인 친구의 이름이었다. 이탈리아식으로 SKY는 '스키'라고 읽는다.

"아, SKY를 영어로 발음하면 스카이라서 그래."

"엄마, 스카이SKY도 이름이 세 글자고, 내 이름 이안IAN도 세 글자야."

"그러네! 이름이 세 글자인 친구가 또 있나?"

"없어. 그런데 엄마, 스카이 얼굴이 갈색인 거 알아?"

"갈색인가?"

"응, 갈색이야. 나도 갈색이고, 그런데 다른 친구들은 분홍색이야. 음… 나도… 분홍색이면 좋은데. 난 왜 분홍색 얼굴이 아니야?"

"여기 이탈리아 사람들은 갈색 피부를 가지고 싶어서 햇볕에 일부러 태우는걸. 엄마는 갈색이 좋아. 너무 매력적이잖아. 이안은 매력적이야. 매력적인 게 뭔지 알지?"

"응, 멋진 거."

아이는 보일 듯 말 듯 웃었다. 문득 저 웃음이 내 칭찬이 부끄러워서가 아니라 내 말을 위로로 여긴 멋쩍은 웃음일지도 모른다는 생각이 들었다.

하루는 아이에게 책을 읽어주고 있었다. 초록색 머리카락, 작은 코, 네모난 얼굴을 가져서 슬픈 여자아이 이야기였다.

"엄마, 나도 아이들이 코가 작다고 놀려. 귀도 작다고 놀리고."

"이안이 코가 좀 작지. 그런데 엄마는 작은 코 너무 좋은데. 이안이 귀도 작나? 엄마도 귀가 작거든. 그런데 웃기네! 귀 작은 게 뭐 어때서? 엄마는 이안이의 작은 코도, 작은 귀도 너무 좋은걸!"

심각하게 생각하지는 않았다. 아이가 진짜 하고 싶은 말은 '갈색 얼굴이 싫어'가 아님을 알기 때문이었다.

아이는 자신이 한국인이라는 걸 알고 있었다. 더불어 친구들과 '다른 것'보다 '같은 것'이 더 좋은 나이를 지나고 있었다. 아이는 축구에 별 관심이 없었지만 친구들이 모두 가지고 노니까 축구 카드를 모았고, 생전 처음 본 축구 선수를 좋아하는 척했다. 어쩌다 친구가 자신과 같은 디자인의 티셔츠를 학교에 입고 온 날은 종일 자랑하기도 했다. 다수가 가진 것이 좋은 것이고, 자기 역시 그것을 가지고 있다는 사실이 아이에게는 기쁨이었다. 친구들도 아이가 가진 것이 눈에 들어올 거다. 아이가 가진 것은 희소해서 더욱 도드라져 보일 것이다. 지극히 자연스러운 일이다.

아이는 작은 코가 싫다는 것이 아니었다. 또 큰 코를 가지고 싶다는 것도 아니다. 작은 코가 좋고 갈색 얼굴도 마음에 들지만, 자신을 제외한 대부분이 분홍색 얼굴에 큰 코와 눈을 가지고 있으니 아이는 문득문득 궁금했을 것이다.

'더 많은 사람이 가진 것이 더 좋은 걸까?'

아이에게 이런 질문들이 생길 때, 나는 작은 코도 갈색 얼굴도 멋지다는 사실을 어떻게 알려줘야 할까. 아이가 당연히 겪어야 하는 시기를 지나고 있다는 것을

나도 알고 있다. 하지만 아이의 뒤에서 그 모습을 지켜
만 보는 일은 아이를 가로막고 보여주지 않는 것보다
훨씬 더 힘든 일이다.

여름방학이 지나고 아이는 초등학생이 되었다. 수업
첫날, 교실 앞에서 한 여자아이가 울고 있었다. 이안과
같은 반 친구 안나였다. 일본인인 안나 엄마가 딸을 안
고 달래느라 분주했다. 정신없는 등교 시간이었다. 오
빠와 같은 교실에 들어가겠다고 우는 둘째를 겨우 유치
원에 들여보낸 뒤 학교를 막 빠져나오는데 안나 엄마가
보였다. 그의 눈이 붉게 충혈돼 있었다. 언뜻 봐도 울
고 있는 게 분명했다.

"무슨 일이에요?"

내가 묻자마자 그는 고개를 숙였다. 그러고는 다시
울기 시작했다. 한참을 그렇게 울고 나서 그는 천천히
입을 열었다. 이탈리아는 6월에 여름방학이 시작되어
9월까지 이어진다. 무려 석 달이 넘는 시간이다. 부모
들의 휴가는 방학보다 짧기 때문에 보통 7월에 여름학
교가 따로 열린다. 학교라고 부르긴 하지만 종일 수영
하고 뛰어노는 시간에 가깝다. 매년 이안과 함께 학교

에서 진행하는 여름학교에 참여했던 안나를 이번 여름에는 보지 못했다. 이탈리아 할머니 할아버지가 계시는 시골 마을의 여름학교를 다녔기 때문이다. 그곳은 대부분의 아이가 아시아인을 직접 마주할 기회가 없는 아주 작은 시골 동네였다. 안나는 거기서 괴롭힘을 당했다. 일본과 이탈리아 혼혈이지만 아시아인의 느낌이 더 강한 안나의 외모를 가지고 고학년 아이 여럿이 집요하게 놀린 것이다. 로마에선 한 번도 인종차별을 당한 적이 없던 안나였기에 그 충격은 컸다. 고학년 언니들에게 괴롭힘을 당한 뒤로는 자기보다 덩치가 큰 아이들 앞에서 공포를 느끼게 되었다.

초등학교는 전 학년이 한 복도를 공유했다. 1학년 아이들은 그 복도에서 가장 어리고 작은 존재였다. 안나는 매일 유치원으로 다시 돌아가고 싶다고 운다고 했다.

"우리가 잘못했어. 거기 보내는 게 아니었어."

그는 자책했다. 긴 여운이 남는 말이었다. 안나는 유치원 3년 내내 반의 리더였고, 가장 인기 많은 친구였다. 같은 학교 안에 유치원과 초등학교가 있어서 유치원 아이 대부분이 같이 초등학교에 올라갔는데, 안나는 초등학교에서도 특별한 아이였다. 맞벌이를 하는 안나의 부모는 늘 일이 늦게 끝났다. 그래서 안나는 가장 일찍 학교에 도착해 가장 늦게 집에 돌아갔다. 하지만 안나는 혼자 남아 있은 적이 없었다. 친구들은 집에 돌아가지 않고 안나와 놀겠다고 떼를 썼다. 졸지에 모든 부모가 수다를 떨며 해 질 녘까지 교문을 떠나지 못하는 해프닝이 벌어지곤 했다. 안나의 부모가 멀리서 보이면 우리는 그제야 작별 인사를 하고 각자 아이를 데리고 집으로 돌아갔다.

그렇게 아이들 사이에서 항상 반짝이던 안나는 여름 방학을 보낸 뒤 전혀 다른 아이가 되어 있었다. 외모는 우리가 가진 일부분이지만 우리를 드러내는 가장 두드러진 모습이기도 하다. 겉모습은 우리를 특별하게 만들기도 하고 우리를 특이하게 만들기도 한다. 우리의 모든 것을 설명할 수 없음에도 누군가는 모든 것이라고 생각한다.

외국인 부모들은 대부분 성인이 돼 이탈리아에 왔기 때문에 아이가 학교에서 겪는 문제들, 예를 들어 이방인으로서 갖는 이질감 같은 감정들을 온전히 이해하기 힘들다. 완전히 이해할 수 없을 때는 비슷한 또래 이탈리아 아이들의 가장 기본적인 인식이 깔린 문화를 들여다보면 되는데, 그중 하나가 바로 책이다. 그래서 서점에 가면 이안 또래의 아이가 주인공이거나 이탈리아 청소년들을 위해 출간된 책을 종종 찾아보곤 했다. 그중 얇고 읽기도 쉬워 몇 번을 반복해 읽은 책이 있는데, 이탈리아 작가 안토니오 페라라Antonio Ferrara가 초등학생을 위해 쓴 『마음의 권리Diritti al cuore』다. 유엔아동권리협약(총 54개 조항) 중에서 20개 조항을 각각의 에피소드로 풀어나가는 이 책의 주인공은 초등학교 2학년인 레오다.

'23조, 다른 능력을 가진 사람을 특별히 배려할 권리' 부분을 아이에게 읽어주었다. 한국에선 유엔아동권리협약을 번역하며 이 23조를 '장애아동의 권리'라고 옮겼다. 하지만 이 책에선 장애가 아닌 "다른 능력을 가진 사람"이라 적어놓았다.

우리 반에는 안젤라도 있다. 휠체어를 타는 안젤라는 늘 유쾌하고 모든 과목을 다 잘한다. 특히 국어 실력은 최고다. 안젤라의 글은 사람들을 웃게 하고 생각하게 하고 어떨 땐 심지어 울 것 같은 심정이 될 정도로 마음을 움직인다. 한번은 이 세 가지 모두가 글에 담겨 있어서, 안젤라가 글을 읽는 동안 생각하다 울다 웃고 말았다. 선생님은 항상 안젤라를 아이들 앞에 세우고 큰 소리로 글을 읽게 한다. 모두 숨을 죽이고 안젤라의 이야기를 듣는다. 안젤라가 글을 읽으면 꼭 극장에 앉아 있는 것만 같다.

선생님은 어릴 때부터 올바른 단어를 사용하는 일이 중요한데 안젤라가 그 면에 있어 아주 훌륭하다고 했다. 그리고 능력의 '제한handicappato' 또는 '가능성이 없는disabile'이라는 단어를 사용하지 않기를 바랐다. (이탈리아에서는 '장애'라는 뜻으로 이 두 단어를 사용한다. ─옮긴이)

"안젤라는 다른 능력을 가진 사람 중 한 명일 뿐이야. 다른 능력을 가진 사람이라는 것은 만약 네가 무언가를 할 수 없다 해도(예를 들어 걷는 것) 그 반면에 잘하는 것이 분명 존재한다는 뜻이야(예를 들어 글쓰기, 그림, 노래 또는 악기 연주). 그리고 누군가의 능력에 대해 이야기할 땐 꼭 '사람'이라는 단어를 붙여야 해. 예를 들어, 노래를 잘하는 사람, 그림을 잘 그리는 사람. 우리가 인간에 대해 말하고 있다는 것을 절대 잊어서는 안 돼."

오늘 선생님은 또 한 가지를 덧붙였다.

"할 수 없는 하나를 가지고 그 사람을 정의해서는 안 돼.

안젤라를 걸을 수 없는 사람이라고 불러서는 안 돼. 대신 작가라고 부를 수 있겠지. 그 누구도 안드레아 보첼리에게 볼 수 없는 사람이라고 하지 않아. 우린 그를 가수라고 불러. 그렇지?"

선생님은 안젤라를 바라보며 미소 지었다. 안젤라도 선생님을 바라보았다. 그들은 미소를 교환했다. 그리고 종이 울렸다.[*]

나는 아이에게 다수에 비해 도드라지는 겉모습이 비하나 놀림의 이유가 되어서는 안 된다고 이야기해주고 싶었다. 책을 덮자 조용히 듣고 있던 이안이 말했다.

"오늘 로렌조가 내 코를 누르며 놀렸어."

"기분이 어땠어?"

"조금 안 좋았는데… 그래도 웃었어. 친구들이 눈이 작다고도 그러는데…. 나도 눈이 동그라면 좋겠어."

"이안, 이안의 눈은 엄마 아빠의 눈과 똑같아. 싫어?"

"아니, 예뻐."

[*] Antonio Ferrara, 『Diritti al cuore』, le rane interlinea, 2019.

"이도를 봐. 어때?"

"너무 귀엽지."

"이도 눈이 이렇게 커지면 어때?" (이도 이안 둘이 동시에 웃음이 터졌다.)

아마도 아이는 이탈리아에서 유년 시절을 보내며 학년이 올라갈 때마다 예상치 못한 일을 겪을지도 모르겠다. 그러나 매 순간 내가 나설 수는 없을 거다. 아이의 질문에 모두 답을 해줄 수도 없다.

"이안은 학교에서 아시아 아이 중 가장 나이가 많잖아. 앞으로 누가 눈이 작다거나 코가 작다고 놀리면 그렇게 하는 건 잘못된 거라고, 그러면 안 된다고 말해주면 어떨까?"

"우리 반에 스카이도 있잖아."

"스카이도 있지. 하지만 스카이는 부끄러움이 많고 이안이 이탈리아 말을 더 잘하잖아. 우린 모두 다르게 생겼어. 우리 모두 자신에게 가장 잘 어울리는 모습을 선물받은 거야. 그 누구도 다른 사람에게 자신이 가진 모습을 부끄러워하거나 잘못된 거라고 느끼게 해서는 안 돼. 이안, 앞으로 누가 그러면, 그게 선생님이고 형이고 누나라도 그건 나쁜 거라고, 그러면 안 된다고 말해줘. 부끄러워하고 무서워하고 작고 말을 못하는 친구들을 위해서 네가 대표로 이야기해주면 어떨까? 네 동생 이도를 위해서도."

"응, 그럴게. 그런데 기억을 못 하면 어쩌지?"

"엄마가 계속 이야기해줄게."

아이가 상처나 결핍 없이 자라기를 바라진 않는다. 오히려 그것이 아이 스스로 답을 찾아가는 원동력이 될 것이다. 그 과정에서 다름을 긍정적으로 받아들이고 세상의 수많은 다양성 안에서 밝은 기운을 전할 수 있기를 바란다. 그러기 위해 나는 아이에게 "넌 정말 매력적인 사람이야"라고 끊임없이 이야기하려고 한다.

05

육아휴직 혹은 경력 단절

니콜라이 교회에서 베를린 돔으로 향하고 있을 때였다. 아이는 포기하지 않고 졸랐다. 이미 유아차를 졸업했음에도 동생의 유아차에 오르겠다는 것. 두 살짜리 동생은 아빠의 어깨 위에 올라타 있었다. 유아차는 많이 낡았다. 첫째부터 둘째까지 6년을 열심히도 끌고 다녔으니까. 당장 박살이 난다 해도 이상하지 않을 상태였지만 여행하는 동안만큼은 그런 비극이 일어나지 않기를 바랐다. 몇 번을 안 된다고 말했지만 아이는 막무가내였다. 여행의 막바지였고 나는 감정 소모에 지칠 대로 지친 상태였다. 하지만 아이의 고집도 만만치 않았다. 절대 물러서지 않겠다는 의지로 무장

한 듯 보였다. 결국은 나의 패배. 아이는 끝끝내 동생의 유아차에 올라탔다.

실랑이를 하는 사이 횡단보도의 신호가 세 번이나 바뀌었다. 이번 신호에는 제발 건너자, 이 횡단보도만 건너면 베를린 돔이다. 하지만 끝내 닿지 못했다. 신호가 초록색으로 바뀌었지만 우리는 건너지 못했다. 유아차가 고꾸라졌고, 결국 두 동강이 났다. 나는 망연자실 서 있는 나를 지나쳐 길을 건너는 사람들을 멍하니 바라보았다. 마음속 저 멀리에서 쓰나미가 밀려오는 것을 느꼈다. 애써 침착해보려고 했지만 이미 통제 불능!

"그러니까 타지 말라고 했지!"

아이에게 원망의 말들을 쏟아냈다. 종일 진행될 예정이었던 베를린 시내 투어는 포기해야 했다. 화가 머리끝까지 치솟았다. 낡은 유아차 때문이 아니었다. 아이들은 애당초 투어에는 관심이 없었고, 남편은 회사 세미나 일정으로 진행되는 투어이니 남아야 했다.

단념은 나만. 그게 화가 났다. 나만 돌아서면 된다는 것이.

남편의 회사는 나의 회사이기도 했다. 나는 6년 전

임신과 동시에 휴직을 했다. 마음만 먹으면 언제든 복귀할 수 있을 거라 믿었다. 하지만 얼마 후 생각만큼 복직이 쉽지 않다는 것을 알게 됐다. 아니, 당분간 불가능에 가까웠다. 그걸 알고서도 받아들이지 못했다.

회사에선 여름 성수기가 끝나고 비수기에 접어드는 매년 11월에 세미나를 열었다. 유럽의 한 도시를 정해 전 세계 동료 가이드들이 그곳으로 모이는 행사였다. 세미나라고는 하지만 1년 동안 고생한 가이드들과 그들의 가족이 제대로 쉬고 즐기도록 회사가 마련해준 이벤트에 가까웠다.

매년 참여하던 세미나에서 나의 위치는 현직 가이드에서 육아휴직 중인 가이드로, 가이드 가족으로 차츰 바뀌었다. 그 변화를 인정하지 못한 것은 나뿐이었다. 나는 착각하고 있었다. 가족이 함께 세미나에 참여하는 것이 가능했지만, 기본적으로 회사 세미나였다. 회사 차원에서 진행하는 일정에선 가족은 되도록 빠져줘야만 했다. 남편은 인정받는 가이드이자 매년 가족과 함께 세미나에 참여하는 가정적인 아빠였다. 그 옆에 있는 나는 더 이상 동료 가이드가 아니었다. 남편이 세미나에 참여하는 동안 두 아이를 돌보는 엄마일 뿐이었다.

칭얼거리는 두 아이를 데리고 박살난 유아차 옆에 서서 생각했다. 나의 역할은 오직 엄마였구나. 회사의 일원으로 이곳에 와 있다고 생각한 것은 오롯이 나의 착각이고 오기였구나. 그 누구의 배려나 도움 없이 두 아이를 데리고 일정을 소화해낼 자신이 없다면 참여하지 말아야 했다. 참여했더라도 회사 일정에 못 맞출 땐 알아서 빠져줘야 하는 게 맞았다. 인정하고 나니 마음이 텅 빈 듯 서늘해졌다.

일정 초반엔 씩씩하게 혼자서 아이들을 데리고 잘도 다녔다. 남편이 회의와 조별 프로젝트를 진행하는 동안 나 역시 그 자리에 있고 싶은 마음이 굴뚝같았지만, 육아휴직 중인 상황에선 현실적으로 불가능했다. 비가 오는 날씨에도 동물원과 자연사 박물관을 다니며 아이들과 시간을 보냈다. 그래도 모든 직원이 함께하는 베를린 투어만큼은 참여하고 싶었다. 하지만 아무리 애를 써도 내가 올 수 있는 곳은 여기까지임을 유아차가 부서지는 순간 깨달았다. 횡단보도 건너의 동료들과는 좁힐 수 없는 간격이 존재했다.

나를 지탱하던 무언가가 우르르 무너져 내렸다. 여기서 돌아서야만 한다, 더 이상은 민폐다, 라는 마음속

장벽이 나를 가로막았다. 나는 호텔로 돌아가겠다고 말했다.

몇 시간 뒤, 낮잠을 자고 일어난 둘째 이도가 밖에 나가자며 난리를 쳤다. 유튜브 시청에 빠진 이안은 나가지 않겠다고 버텼다.

"그냥 좀 나가면 안 돼? 동생이 나가자고 하잖아. 잠깐 나갔다 오는 게 뭐가 힘들어?"

이도 핑계를 댔지만 나부터 답답한 호텔 방을 빠져나가고 싶었다. 억울한 듯 날 바라보던 이안이 입을 열었다.

"어른은 좋겠다. 안 혼나잖아."

그 순간 감정 제어를 못 하고 아이에게 소리를 질렀다. 마음속에서 두 번째 쓰나미가 일어났다.

"안 혼난다고? 안 혼난다고? 엄마는 이게 혼나는 거야! 엄마는 호텔에 돌아오고 싶지 않았어! 사람들과 밖에 있고 싶었어. 밖을 봐. 벌써 깜깜해. 아침부터 지금까지 호텔에 있었다고! 엄마가 왜 그래야 해? 엄마는 이게 혼나는 거야! 하고 싶은 게 있는데 못 하고 여기 호텔 방에 있어야 하는 게 혼나는 거라고! 나가고 싶지만 유아차가 없는데 둘을 데리고 어떻게 나가? 그래도 동생이 나가자고 해서 힘을 내보는데 왜 안 도와주는 거야?"

이안은 조용히 태블릿을 닫았다.

"엄마, 나가. 나가자."

아이의 차분한 목소리에 정신이 돌아왔다. 얼굴이 달아올랐다. 미안하고 민망했다. 아이는 내 마음을 읽은 듯 나의 손을 잡고 말했다.

"엄마, 나 화난 거 아니야. 우리 나가자."

나는 아이들과 추적추적 비가 내리는 밤거리로 나섰다. 베를린에서의 마지막 밤이었다.

모두가 잠든 밤 어둠 속에서 눈을 떴다. 세상모르고 잠든 두 아이의 숨소리를 들으며 호텔 방에 있는 것이 혼나는 거라고 소리쳤던 게 이안의 마음에 남지 않았으면 좋겠다고 생각했다.

'지금 우린 다 함께 베를린에 있으니 그것만으로도 추억이고 감사할 일이잖아.'

울적한 생각은 하지 말자고 애써 다짐해도 마음 한편에서는 계속해서 여진이 일었다. 이번 여행을 통해

확실하게 알았다. 나는 육아휴직 중이 아니었다. 내 경력은 단절되어 있었다. 그게 현실이라는 걸 겨우 인정하고 나니 거대한 쓰나미가 쓸어버린 휴양지, 그 잔해가 남은 텅 빈 해변에 혼자 남은 것 같았다.

06

아빠의 이탈리아 말이
이상하다고 한 적 없잖아

불을 끄고 자려고 누웠는데 이안이 내 쪽으로 얼굴을 돌리며 물었다.

"엄마, '덕분에'는 이탈리아 말로 어떻게 말해야 해?"

"덕분에? 덕분에…. 잘 모르겠는데…."

"왜 몰라? 엄마는 다 알잖아. 어제 축구를 하는데 A가 골을 넣어서 우리가 이겼어. 난 A한테 '너 때문에 우리가 이겼어'라고 말하고 싶어서 'colpa tua'라고 했어. 그런데 A가 화를 냈어. 그래서 생각해보니까 '덕분에'라고 말하는 게 맞는 거 같았어. 그런데 이탈리아 말로 어떻게 말하는지 몰라서…."

'colpa tua'는 '너 때문이야'로 해석할 수 있지만 누군가의 잘못이나 실수로 문제가 생겼을 때 '네 탓이야!'라는 의미로 자주 쓰인다. 한국어로는 '너 때문에'가 '네 덕분'과 '네 탓' 두 가지 의미로 모두 사용되니 아이가 헷갈렸던 것 같다.

이를 시작으로 아이는 봇물 터지듯 질문을 쏟아냈다. '답답해'는 어떻게 말하는지('답답해'라는 뜻을 지닌 이탈리아어 단어는 없다), 어제는 C가 무슨 단어를 썼는데 그게 무슨 뜻인지. 명쾌한 답을 줄 수가 없어 결국 잠자기를 미뤄두고 휴대폰으로 구글 번역기를 돌렸다. 아이도 나도 번역기가 알려준 답이 딱히 만족스럽지 않았지만, 대충 이렇게 말하면 될 것 같다고 둘만의 찜찜한 합의를 보았다. 침대에 누워 같이 연습도 했다. 그러다 내심 걱정이 되어 아주 조심스럽게 아이에게 물었다.

"한국말처럼 이탈리아 말을 하고 싶은데 잘 안 되니까 답답해?"

"응… 조금."

"그런데 있잖아. 이안은 한국말도 하지, 이탈리아 말도 하지, 심지어 한국어는 쓰고 읽잖아."

"나 쓰지는 못하는데?"

"이름은 쓰잖아! 이안처럼 할 수 있는 아이는 학교에 없다는 말이야. 그러니까 이안이 최고라는 거야. 알겠지?"

"근데… 엄마. 나 너무 졸린데 그 이야기 내일 다시 하면 안 돼?"

아이는 나에게 그렇게 근심거리 하나를 툭 던져놓고는 편하게도 잠 속으로 빠져들었다.

아이가 이탈리아 말을 물어올 때마다 학교에서 답답해할 아이가 안쓰럽기보다는 초조함이 앞섰다. 꽤 오랜 시간을 그럭저럭한 이탈리아 말로 버텨온 나는 그럭저럭한 수준의 대화에 익숙해졌다. 그런데 두 아이 모두 학교에 들어가면서 얼렁뚱땅 버틸 수 없는 단계로 넘어오고 말았다.

나는 요즘 일상에서 속사포처럼 쏟아지는, 교과서가 알려주지 않는 말들을 잡아내려 애쓰고 있다. 하루에도 수십 개씩 올라오는 학부모 단톡방의 문장들을 베껴 쓰고 있다. 여행 가이드로 사는 동안 접할 일이 전혀 없던 낯선 말들이다. 학교 행사부터 수업 준비물, 심지어 선생님들 선물 준비까지… 모든 것이 이 단톡방 안에서 이뤄진다. 손바닥만 한 휴대폰 화면이 광활한 우주처럼 막막하게 느껴지기도 한다. 혹여나 놓친 것이 있는지, 내가 제대로 이해한 것이 맞는지 하루에도 수십 번씩 마음이 작아진다. 허공에 흩날리는 말의 조각들을 힘껏 부여잡고 다음 레벨로 올라서야 한다고 나를 부추긴다.

머지않아 아이는 나에게 이탈리아 말을 묻지 않을 것이다. 오히려 내가 아이에게 묻겠지(이미 은근슬쩍 묻고 있다).

이탈리아에서 자란 중학생 딸과 한국인 아빠가 말다툼한 이야기를 들은 적 있다. 자꾸만 말꼬리를 잡고 늘어지는 딸에게 아빠는 화가 나 소리쳤다고 했다.

"너 한국말을 왜 그런 식으로 해?"

돌아온 딸의 대답을 듣고 내 심장이 덜컥 내려앉았다.

"왜 그렇게 말하는 거야? 난 한 번도 아빠의 이탈리아 말이 이상하다고 한 적 없잖아!"

'엄마의 이탈리아 말이 이상하다고 한 적 없잖아!' 언젠간 이안도 이렇게 말하는 날이 오지 않을까. 그 모습을 상상하니 다시 깜깜한 우주를 떠도는 궤도 이탈 소행성이 된 기분이 들었다.

어느 순간부터 이안은 바깥에서 들은 말을 통으로

외워 오기 시작했다. 학교에서 배운 문장들을 밑도 끝도 없이 툭 던져놓고는 눈을 동그랗게 뜬 채 기다리곤 했다. 이안의 이런 행동들은 내게 일종의 스무고개처럼 다가왔다. 나는 "어떤 상황에서 선생님이 그렇게 말한 거야?" 묻고는 퍼즐 맞추듯 상황을 조합했다.

겨우 아이에게 답을 줬지만, 솔직히 정답이라는 확신은 들지 않았다. 나 역시 이탈리아 말은 부족한 30퍼센트를 40퍼센트의 상상력으로 채워 듣기 때문이다. 그래서 느는 건 연기력이다. 아이 앞에서는 세상에서 이탈리아 말을 제일 잘하는 척하는 연기. 아이들이 커가면서 이탈리아어로 구현해야 하는 세계도 점점 섬세하고 치밀해져간다. 볼펜만 알면 충분하던 세상에 색연필, 사인펜, 형광펜, 크레파스, 물감이 비집고 들어왔다. 종이라고 말하면 다 통하던 세상에 공책이 등장했고, 줄이 있고 없고, 줄 간격이 넓고 좁고, 스프링 형태와 파일 형태로 세분화되었다. 단순했던 이탈리아어의 세계는 세포가 분열하듯 끝도 없이 번식하고 쪼개지고 변형되어 나를 압박해왔다.

사랑한다고 말하고 싶을 땐 '티 아모Ti amo'라고 하면 충분했다. 그런데 사랑한다는 말이 다른 모습으로 살고 있는 세상이 열렸다. 이탈리아어에는 사랑한다는 말이 두 가지다. 'Ti amo'와 'Ti voglio bene'. 둘 다 번역하면 '사랑해'이지만 'Ti amo'는 연인 사이에서 로맨틱한 사랑의 표현으로만 사용된다. 가족에 대한 애정과 깊은 배려 같은 사랑의 표현으로는 'Ti voglio bene'를 쓴다. 아이를 키우기 전까지는 말에 담긴 미묘한 뉘앙스를 크게 신경 쓰지 않았다. 그러나 이젠 그 미묘한 차이가 실수를 만들 수 있다는 걸 안다. 단어를 확실하게 이해해야지만 아이의 준비물을 제대로 챙길 수 있고, 명확하게 표현해야지만 아이의 선생님이나 다른 학부모들에게 오해 없이 나의 의사를 전달할 수 있다.

어느 날 우연히 길을 걷다가 집 근처에서 이민자 센터를 발견했다. 마음이 꽤나 복잡한 날들이었고, 언어에 대한 간절함에 이끌려 내 발길은 자연스레 그곳으로 향했다. 그곳에서는 이민자를 위한 무료 언어 수업이 진행되고 있었다. 매주 2회, 아이들이 학교에 가 있는 동안 이탈리아어 수업을 받기로 했다. 나중에 안 사실인데, 로마에는 무료로 언어 수업을 진행하는 기관이 꽤 많았다. 남미 지역, 러시아, 인도 등 다양한 국적의 많은 이가 수업을 듣고 있었다.

대부분 교통편이 불편한 로마 외곽에 거주하는 이들이었는데, 이른 아침에 시작하는 수업임에도 다들 하루도 빠짐없이 출석했다. 그것은 다른 언어에 대한 갈증이 아니라 생존을 위한 열망이었다. 이탈리아는 2010년부터 이민법이 바뀌어 carta di soggiorno(만료 기간이 없는 장기 비자, 영구 비자)를 받기 위해서는 A2 레벨의 언어 능력을, cittadinanza(국적)를 얻기 위해서는 B1레벨 이상의 언어 능력을 갖춰야 한다. A레벨은 초등학교에서 중학교 언어 수준, B레벨은 고등학교 언어 수준이다. 이곳에서의 삶을 지속하기 위한 필수 조건인 셈이다. 이민자 센터에서 만난 이들의 회화는 대부분 수준급이었다. 삶의 현장에서 배운 살아 있는 언어였다. 그들은 단 하루도 쉬지 않고 한 가지 이상의 일을 하는 사람들이었다.

가정법을 배우던 날, 각자 자신이 만든 문장을 돌아가며 발표했다. 쿠바에서 온 호세 아저씨의 차례였다.

"내가 만약 국적을 받는다면… 우리 아이들이 행복할 거예요."

이 간단한 문장을 듣는 순간, 나는 입술을 깨물었다. 호세 아저씨의 목소리는 아주 경쾌했고, 반 분위기도 밝았다. 그 상황에서 눈시울을 붉히면 왠지 실례가 될 것 같아 고개를 푹 숙였다.

사실 그들과 내가 다르다고 생각하고 있었다. 그들은 사활을 걸고 이곳에 앉아 있지만 내가 여기 있는 이유는 언어 능력 향상을 위해서라고. 하지만 우리는 결코 다르지 않았다. 언어는 어느 순간 내 삶의 윤활유가 아니라 가족을 지키기 위한 생계 수단이었기 때문이다. 게다가 비자는 아이들을 위해 반드시 필요한 조건이었다.

호세 아저씨의 문장에서 타지에서의 삶, 우리가 짊어진 무게를 읽은 건 그 때문이었다. 내 나라가 아닌 곳에서 산다는 건 한 달 살기나 '여행은 살아보는 거야' 유의 달콤함이 아니었다. 물론, 달콤함이 도처에 존재하기는 하지만 이를 즐기기 위해서 최우선으로 해결해야 하는 것이 체류이며, 이민자의 삶은 체류를 위한 서류를 해결해나가는 과정의 연속이다. 그 치열한 삶들이 뿜어내는 에너지가 매주 수업을 가득 채웠다. '여기가 아니면 돌아가면 되지 뭐' 같은 마음이 아니었다. 절대 돌아갈 순 없다고, 나를 위해 내 가족을 위해 이곳의 삶을 지켜내겠다는 간절함이, 말하지 않아도 느껴졌다. 어느새 나도 그 에너지 한가운데 있었다.

얼마 뒤 영구 비자를 받기 위해 정부에서 주관하는 언어 시험을 치렀다. 시험장에서 정말 다양한 사람들을 만났다. 아마 길에서 마주쳤다면 눈길도 주지 않았을, 오히려 위협을 느끼고 피했을 법한 이들도 있었다. 하지만 그곳에서 만난 우린 모두 이탈리아에 사는 이민자였다. 시험을 기다리며 시험장 복도에 서서 이런저런 이야기를 나눴다.

"로마에서 몇 년이나 살았어요?"

"시험 준비는 많이 했어요?"

"아이는 몇이에요?"

"어떤 일을 해요?"

우리는 이탈리아를 떠나고 싶지 않은 사람들이었다.

시험이 시작됐다. 좀 전까지 이탈리아어로 유창하게 말하던 몇은 자신의 이름을 쓸 줄 몰랐고, 또 다른 몇은 아예 글 자체를 읽을 줄 몰랐다.

이탈리아인 감독관이 말했다.

"이 시험을 통해 누군가는 비자를 받고 누군가는 일자리를 얻기 위한 서류를 받게 될 거예요. 모두에게 너무나 중요하다는 것을 잘 알아요. 다들 통과할 수 있도록 최대한 도와주고 싶어요. 하지만 자기 이름도 적을 줄 모르면 우리가 도와줄 방법이 없어요."

그는 진심으로 안타까워했다. 잠시 뒤 그가 한 명 한 명 이름을 부르며 간단한 인터뷰를 진행했다.

"이탈리아에서 몇 년이나 살았나요?"

"올해로 14년입니다."

"어떤 일을 하고 있나요?"

"여행 가이드였지만 아이를 키우면서 그만뒀어요. 대신 지금은 글을 쓰고 있어요."

"작가인가요? 어떤 이야기를 써요?"

"이탈리아에서 이방인으로 살아가는 이야기요. 주로 저와 아이들이 이 나라에서 적응해가는 내용이에요."

"멋져요. 이탈리아에서도 출간이 되었나요?"

"아직은 한국에서만 출간되었어요."

"꼭 이탈리아에서도 책을 내줘요. 정말 궁금해요."

단순한 인터뷰였지만, 그에게서 호의와 진심이 느껴졌다.

글을 읽지 못하는 흑인 남자에게는 감독관이 직접 시험지를 읽어주었다. 한 인도 소녀는 함께 온 엄마와 오빠에게 몰래 답을 가르쳐주려고 자꾸 자리를 옮겼다. 감독관은 몇 번 경고를 주더니 결국엔 못 본 척했다. 큰 체구의 인도 모자가 최대한 몸을 웅크린 채 딸과 동생의 답을 커닝하는 모습을 뒤에 앉아서 보고 있으니 여러 감정이 교차했다. 엄마와 오빠가 어떻게든 시험을 통과하도록 도우려는 소녀의 모습이 짠하기도 하고, 그걸 못 본 척해주는 이탈리아 감독관이 고맙기도 했다. 이 시험 결과로 많은 이의 삶이 결정된다. 인도인 가족과 이탈리아인 감독관뿐 아니라 시험장에 앉아 있는 모두가 그 절실함을 알고 있었다.

답안지를 제출하고 시험장을 나서려는데 인터뷰를 진행한 감독관이 나를 불렀다. 실수한 게 있었나? 잘못한 것도 없는데 괜히 식은땀이 났다. 그는 시험 접수 서류 한 귀퉁이에 자신의 이름을 적어주면서 나지막이 말했다.

"난 이 학교 교사예요. 나중에 이탈리아에서 당신의 책이 출간되면 꼭 찾아와줘요. 어떤 이야기가 쓰여 있을지 너무 궁금해요. 꼭 찾아와야 해요!"

시험장을 빠져나와 아이들을 학교에서 데려오기 위해 지하철역으로 뛰었다. 시험을 통과하지 못하면 비자를 받지 못한다는 생각에 몇 달을 긴장하며 지냈다. 그 마음이 풀리며 허기가 졌다. 졸음이 쏟아졌다.

시험이 끝났지만 언어 수업은 계속 이어졌다. 하루는 호세 아저씨가 모히토를 만드는 술이라며 쿠바산 하바나 클럽을 가져왔다. 안주는 내가 챙겨온 초코파이. 디저트는 카를리나가 가져온 아르헨티나 전통 마테차였다. 그렇게 우리는 오전 10시에 작은 술판을 벌였다. 인도인 수녀님이 우릴 보고 고개를 절레절레 내저었다. 유쾌했다. 우린 술을 나눠 마시며 사소한 농담에도 숨이 넘어갈 것처럼 웃었다. 나이, 피부색, 언어, 삶의 모습 등 공통점이라곤 하나 없는 우리가 이탈리아어로 함께 이야기하며 웃었다. 한 사람 한 사람 눈에 보이지 않는 끈으로 연결된 것 같았다. 우리, 하고 말하니 정말 우리가 된 것 같았다.

07

내 고향은 모든 곳,
나는 어디에서든 이방인

　　　　이방인. 사전을 찾아보면 다른 나라에서
온 사람이라는 뜻이다. 한자로는 異邦人, 영어로는
stranger, alien, foreigner. 나고 자란 곳을 옮겨 새로
운 곳에 삶을 펼친 내게 이방인이라는 단어는 사전적
인 의미보다 조금 더 묘한 구석이 있다. 문득문득 내가
외국인이라는 생각이 들 때는 그럭저럭 괜찮지만 '다른
사람'이라는 기분이 들면 형용할 수 없는 복잡한 심정
이 된다. 아니다. 그 복잡한 심정을 정의할 수 있는데
애써 정의를 미루고 있는지도 모른다. 어쨌든 이곳에
서 살아야 하니까.

그럼 너는 누구니?

가족 여행을 준비하던 2020년 1월의 어느 날, 느닷없이 내 앞에 질문 하나가 툭 던져졌다.

매년 초는 가이드인 남편이 일주일 정도 시간을 낼 수 있는 유일한 시즌이다. 가족 모두 잠시나마 로마를 벗어나 이방인의 기분 좋은 감각을 느낄 수 있는 시간이기도 했다. 그래서 연말부터 낯선 곳을 상상하며 여행 계획을 세운다. 이번 여행지는 런던이었다. 아이들이 좋아할 수밖에 없는 다락방이 있는 숙소가 있고, 무엇보다 뮤지컬 〈라이온 킹〉이 있었으니까. 런던행 비행기 표를 구입하고 숙소를 예약하고 비싸디비싼 〈라이온 킹〉의 1층 복도 자리를 예매하는 것도 일사천리로 진행됐다. 여행 날짜가 다가올수록 낯선 곳에 대한 기대감이 커졌다.

그런데 출발을 앞두고 코로나19 바이러스가 전 세계로 급속히 퍼지기 시작했다. 1월 중순 무렵엔 이탈리아에서 아시아인에 대한 혐오도 생겨났다. 오랜만의 여행이 불쾌한 기억으로 남지 않을까 조바심이 나서 런던에 사는 친구에게 슬쩍 그곳 분위기를 물었다.

"런던은 아무도 상관하지 않아. 로마보다 런던이 다

니기에는 오히려 더 편할 것 같은데?"

친구의 대답에 안심이 되면서도 이런 걱정까지 해야 하는 상황에 기분이 썩 좋진 않았다. 아시아인인 것을 걱정하는 날이 오다니.

어느덧 2월이 되었다. 런던으로 떠나기 이틀 전, 이미 해가 져서 어둑해질 무렵에 항공사에서 메일이 왔다. 런던에 태풍이 오니 비행 스케줄을 변경하라는 내용이었다. 이게 무슨…. 출발이 임박해서야 통보처럼 연락을 주면 어쩌란 말인가, 당황스러웠지만 항공사와 숙소, 뮤지컬 티켓 날짜를 변경할 수밖에 없었다. 이탈리아어와 영어를 섞어 써가며 전화를 하고, 종일 컴퓨터 앞에 앉아 처리를 하느라 머리가 윙윙거렸다. 전화비에 뮤지컬 티켓 변경 수수료만으로 10만 원을 넘게 썼다. 폭풍 같은 하루를 보내고 나니 마음 한구석이 뭉근하게 아렸다. 통화 내내 느껴지던 퉁명스러움은 혹시 내가 아시아인이었기 때문일까? 에이 설마, 하고 떠오른 생각을 얼른 구겨서 휴지통에 던져버렸다. 그렇게 런던행은 일주일 미뤄졌고, 우리는 2월 중순이 되어서야 여행을 떠날 수 있었다.

일주일 동안 런던은 태풍으로 물난리를 겪었다. 전화위복. 여행을 하루 앞두고 모든 것이 뒤틀리면서 혼이 쏙 빠졌지만, 태풍을 피해 떠난 여행은 좋았다. 다락방이 있던 숙소도, 유쾌했던 호스트도, 태풍이 지나가고 유난히 청명했던 하늘도, 아이가 한참을 주저앉아 그림을 그리던 미술관도. 더할 나위 없이 좋았다.

그런데 태풍을 뛰어넘는 변수가 우리를 기다리고 있었다. 하루 만에 세상이 달라진 것이다. 정말 단 하루 만에. 여행 첫날만 해도 이탈리아의 코로나 확진자는 열 명 남짓이었는데 자고 일어나니 100명이 되었고 저녁을 먹을 즈음에는 200명으로 늘어났다. 몸은 런던에 있었지만 마음은 한국과 이탈리아를 향해 있었다. 가족이 있는 한국과 우리가 살고 있는 이탈리아, 두 나라 모두 한 치도 예측할 수 없는 긴박한 상황에 던져져 있었다. 아무 일도 일어나지 않는 런던에서의 하루하루가 오히려 비현실적으로 느껴졌다. 한국과 이탈리아에서 확진자가 늘어나고 있다면 영국도 결코 안전하지는 않을 텐데… 너무나 평화로운 런던이 마치 폭풍 전야처럼 위태롭게 느껴졌다.

런던에서 머무는 일주일 동안 이탈리아는 '코로나 위

험국'으로 이름을 올렸다. 무엇보다 아이들이 걱정이
었다. 반 친구들도 코로나19 바이러스에 대해 모르지
는 않을 텐데. 아시아인 혐오가 학교까지 번지면 어쩌
지? 아니나 다를까, 그동안 학교에서는 카니발 행사가
있었는데, 우리가 여행 간 줄 몰랐던 친한 고학년 아이
들이 아이를 찾은 모양이었다. 그중 한 명이 이안은 어
디 갔냐고 물으니 어떤 아이가 코로나에 걸려서 격리된
것 아니냐고 했단다. 못내 걱정이 되어 전화로 그 소식
을 전해준 한 학부모에게 여행 중이니 안심하라는 말을
전하고 끊으려는데, 그가 잠깐 망설이더니 다른 엄마
들 사이에서 우리 이야기가 오가고 있노라 귀띔해주었
다. 통화를 마치고 나는 또 한 번 '다른 사람'이 된 기분
을 마주했다.

한국인. 게다가 아이 아빠는 한국인 여행객을 상대
하는 가이드, 우리는 근거 없는 소문을 만들기에 참 좋
은 재료들을 갖추고 있었다. 심지어 다른 나라로 여행
까지 와 있으니 우리가 다시 학교로 돌아가는 것이 불
안한 부모들도 있겠지. 그래, 뭐. 머리로는 이해가 됐
지만 마음 한구석에는 서운함이 밀물처럼 밀려왔다.

차라리 바이러스가 잠잠해질 때까지 아이를 학교에

보내지 말까. 사실 아이는 핑계였다. 등하교를 시키며 나 자신이 다른 부모들을 만나기가 싫었다. 아무것도 모르는 척 웃으며 인사를 하고 싶었지만 막상 그들을 만나면 정색하며 기분 나쁜 티를 팍팍 낼 것만 같았다. 우리가 이탈리아 사람이었다 해도 그들의 반응은 비슷했을 것이다. 바이러스에 대한 공포가 사람들을 압도하기 시작했으니까. 알지만⋯ 그럼에도 불구하고 우리를 둘러싼 불쾌한 경험의 이유가 다 이탈리아인이 아니기 때문인 것만 같았다.

어찌 생각하면 당연한 일이었다. 우리는 이방인이니까. 이방인은 고향이 있는 사람이니까. 고향이 있다는 것은 이곳 사람이 아니라는 뜻이니까. 우리에겐 끝끝내 다른 곳에서 온 사람이라는 꼬리표가 붙을 거라 생각하니 마치 외계인이라도 된 것 같았다.

My hometown is everywhere

I'm a foreigner everywhere

내 고향은 모든 곳

나는 어디에서든 이방인

어디에선가 본 이 문구가 머릿속에서 떠나지 않았다. 이탈리아는 우리의 새로운 고향이 될 수 있을까. 어떻게 해도 우린 이방인일 수밖에 없는가.

이안의 유치원 졸업 공연 날. 공연의 시작을 알리며 교장선생님이 들려준 말을 아직도 잊지 못한다.

"우리 아이들은 새로운 춤을 출 준비가 되었습니다. 모든 마지막 뒤엔 새로운 시작이 기다리고 있습니다. 한 페이지를 넘길 때마다 다음 장이 열립니다. 이제 우리 아이들은 새로운 삶으로 여행을 떠납니다. 그 모든 순간에 기쁨과 환호가 함께할 것입니다. 오늘의 공연은 여러분의 심장을 뜨겁게 하고 마음을 열어줄 것입니다. 극장이 떠나가도록 박수를 쳐주세요. 여러분, 우리는 태어나는 곳을 정할 순 없지만, 우리가 살 곳을 선택할 수는 있습니다. 새로운 모험이 시작됩니다."

우리가 태어난 곳은 아니지만 살아가겠다고 선택한 나라, 이탈리아. 오래 살고 싶다는 막연한 바람이 정착하겠다는 결심으로 바뀐 건 아이 때문이었다. 아이는 부모의 얼굴을 하고 부모가 선택한 나라에서 태어났다. 우리는 선택했지만, 아이에게는 주어졌다. 우리의 선택으로 아이는 겪지 않아도 될 일을 겪고 있는 게 아닐까. 이 경험이 훗날 아이가 스스로 살 곳을 정해나가는데 영향을 미칠까. 마음이 아팠다.

여행에서 돌아와 첫 등교를 앞두고 잠자리에 든 이안에게 말했다.

"혹시 내일 학교에 가서 누가 코로나 바이러스를 들먹이며 나쁘게 해도 신경 쓰지 마. 알았지?"

이안은 의아한 표정으로 나를 한참이나 바라보더니 이렇게 말했다.

"어떻게 신경을 안 써? 코로나에 걸리면 아프잖아. 아픈 친구한테 어떻게 신경을 안 쓸 수 있어? 신경 써줘야지."

'나쁘게'를 아이는 '아프게'라고 들은 것이다. 어른은 자기를 아프게 할까 봐 날을 세우지만, 아이는 친구가 아플까 봐 마음을 졸인다.

학교에서 돌아온 아이는 친구들이 자기의 컴백에 환호했고 수업은 아주 즐거웠다고 했다. 교문 앞에서 마주친 학부모들은 (속마음은 어떨지 몰라도) 나를 격하게 반겨주었다. 축구학교에도 갔다. 늘 그랬듯이 모두가 친절하고 우호적이었다. 이안과 나는 축구 수업이 끝나고 친구의 집에 초대받아 늦은 시간까지 놀았다. 친구 집을 나서는데 지난 성탄절에 깜박했다며 주말에 시간 되면 꼭 다시 놀러 오라는 인사와 함께 큰 선물 상자 두 개를 안겨주었다. 상자의 작은 버튼을 누르자 알록달록 불이 들어왔다. 홀린 듯 바라보는 둘째의 눈이 반짝반짝 빛났다.

마음속을 채우고 있던 복잡한 실타래가 풀리는 것 같았다. 다행이야. 이탈리아는 여전히 우리에게 따뜻해. 상상 속의 원망은 현실에서 대면하면 그렇게까지 무섭지 않고, 불안은 부딪혀보면 별것 아닌 경우가 더 많다. 한 치 앞을 알 수 없는 형국이니 바이러스 상황에 따라 이들의 태도가 또 어떻게 바뀔지는 모를 일이지만, 아직까지는 이탈리아를 미워하기는 힘들 것 같다.

그날 밤, 다음 날 수두 예방접종이 있다는 이야기에 이안이 울음을 터뜨렸다.

"이안, 저번에 바치노(예방주사) 맞을 때 얼마나 아팠는지 기억나?"

"아니."

"1년 전에 아토피로 얼마나 간지러웠는지 기억나? 이도가 얼굴 긁었을 때 아팠던 거 기억나?"

"기억 안 나."

"거봐, 기억 안 나지? 그러면, 수영장 있는 집에서 놀았던 건? 바다 가서 양꼬치 먹은 건?"

"응, 그건 다 기억나!"

"이안, 슬픈 거 아픈 거 힘든 건 다 사라져. 하나도 기억 안 나. 그런데 즐거운 거 행복한 거 웃은 건 다 떠올라. 엄마는 이안이랑 웃은 건 하나도 안 잊어버렸어. 모두 생각나."

"나도 다 생각나."

"주사 맞을 때 아프겠지. 그런데 금세 잊어버릴 거야. 아프고 슬픈 건 다 지나가. 다 지나가더라고."

이 시기에 우리가 맞이한 슬픔과 아픔도 나중에는 모두 잊힐까? 지나고 나면 행복하고 웃은 것만 우리의 기억에 남을까?

My hometown is everywhere

I'm a foreigner everywhere

내 고향은 모든 곳

나는 어디에서든 이방인

이방인. 나는 잠시 미뤄둔 묘한 기분에 대한 정의를
영원히 미뤄두기로 한다. 순간순간 '다른 사람'이어도
여전히 우리는 여기에서 살아갈 것이고, 내 곁에는 언
제나 나와 같은 '우리'가 있을 테니까. 그러니 고향은
아무러면 어때.

2부

신이시여,

우리를 폭풍우 속에

내버려두지 마세요

08

우리를
존중해주세요

    이안이 초등학교에 입학한 지 얼마 지나지
않아 담임선생님과의 대화 시간이 마련됐다. 교사와
학부모의 공식적인 첫 만남이었다. 입학식에서 본 첫
인상대로 이안의 담임선생님은 냉정하고 단호해 보였
다. 학부모들에게 전혀 휘둘리지 않는 심지 곧고 단단
한 사람일 것이라는 인상이 강하게 풍겼다.

  그런데 그가 수업 계획에 대해 이야기하던 도중에 어
이없는 행동을 했다. 오리엔탈을 설명하면서 순간 눈
을 찢는 제스처를 한 것이다. 그는 교탁에 기대어 서 있
었고 나는 대각선 끝 쪽에 앉아 있었으니, 그게 눈을 찢
는 동작이었는지 단순히 눈을 밑으로 당긴 것인지 확신

할 수는 없었다. 이탈리아에서 눈을 아래로 당기는 제스처는 집중해서 보라는 의미이기 때문이었다. 하지만 내 눈에는 분명 눈을 옆으로 찢는 것처럼 보였다. 하필 오리엔탈에 대해 이야기하던 터라 더욱 의심이 갔다. 찰나였지만 숨이 멎는 것 같았다. 학부모들의 질의응답 시간이 이어졌고, 나는 내 뒤에 앉아 있던 캐나다계 이탈리아인인 제니퍼에게 목소리를 낮춰 말했다.

"제니, 나 선생님이 오리엔탈이라는 단어를 사용할 때 눈 찢는 걸 봤어. 넌 늦게 와서 못 봤을 거야. 이따가 따로 만나서 말해보려고. 공개적으로 물어보는 것보다 그 방법이 낫겠지? 혹시 내가 예민한 걸까? 2년 전 일이 떠올라서…."

제니퍼는 내 말을 주의 깊게 듣더니 이렇게 말했다.

"아니야. 말해야지. 내 생각에도 따로 말하는 게 좋겠어. 담임선생님은 대화가 통하는 합리적인 사람인 것 같아. 분명 받아들일 거야."

2년 전 이안이 유치원에서 공연을 준비할 때 담임선생님이 아이의 율동에만 눈 찢는 동작을 넣은 적이 있었다. 집에 돌아온 아이가 선생님이 가르쳐준 율동이라며 눈을 찢으며 춤을 추는데 피가 거꾸로 솟는 기분이었다. 당장 유치원으로 달려가 선생님에게 항의를 했고, 율동은 바뀌었다. 하지만 다음 날 아이가 받아온 아이 몫의 공연 대사의 모든 'R' 스펠링이 'L'로 변경되어 있었다. 중국인들이 'R' 발음을 잘하지 못하는 것이 종종 이들을 비하하는 표현으로 쓰이곤 했기에 담임의 명백한 인종차별임을 확신할 수 있었다. 학부모 단톡방을 통해 이 일을 공론화하고 교장과 직접 담판을 지었다. 학교 측과 담임의 사과로 사건은 일단락되었고, 이 일로 학교와 이탈리아인 학부모들이 다문화와 인종차별 문제에 관심을 가지게 되었다.

공식적인 대화 시간이 끝나고 담임선생님과 나만 교실에 남았다. 제니퍼는 교실을 나서며 눈짓으로 응원을 보냈다. 내가 오해한 걸까, 아니면 네가 정말 잘못한 걸까. 조금이라도 미심쩍다면 그 자리에서 풀어야 한다. 이탈리아 사람들은 문제가 있거나 의문이 들면 그 즉시 행동한다. 침묵은 인정하는 일이며 불만이 없다는 걸 뜻하기 때문이다.

언젠가 한 방송 프로그램에서 싸이가 말했다. 말하지 않아도 아는 건 '초코파이'뿐이라고. 파이도 아닌 인간 주제에 상대방이 알아주길 바라는 것은 세상 이치에 맞지 않는다고.

"선생님. 드릴 말씀이 있어요. 좀 전에 오리엔탈이라는 단어를 쓰시면서 눈을 찢는 동작을 하신 것 같은데, 맞나요?"

말을 마치고 그의 눈을 들여다보며 생각했다. 대답을 듣지 않았지만 충분했다. 이안은 좋은 선생님을 만났다. 시종일관 냉정함을 유지하던 그의 얼굴이 붉어졌다. 미세하게 손도 떨렸다. 그는 아니라고, 당신이 잘못 본 거라고 말하지 않았다.

잠시 뒤 그는 이탈리아 사람들이 쉽게 입에 올리지 않는 말을 했다.

"미안해요. 내가 그랬나요? 정말 기억이 나지 않아요. 맙소사, 미안해요…. 그랬을 리가… 정말 미안해요."

그의 목소리가 떨렸다. 사실 여부를 떠나 자신이 그 동작을 했을지도 모른다는 것만으로도 부끄러워하고 미안해했다. 그는 적어도 잘못을 인정하고 사과할 줄 아는 사람이었다.

"어쩌면 제가 잘못 봤을지도 몰라요. 예전에 유치원

에서 이안이 같은 동작으로 상처받은 일이 있었어요. 그때 일이 떠올라 제가 예민했을지도 모르죠. 하지만 말해야 한다고 생각했어요. 이 반에는 중국인 엄마, 한국인 엄마, 일본인 엄마가 있어요. 우리를 존중해주세요. 아이들과 아이들의 친구들이 이 문제로 상처를 주고받지 않으면 좋겠어요."

가만히 내 말을 들은 그는 나의 두 손을 힘껏 감싸 쥐었다. 따뜻했다.

집에 돌아와 휴대폰을 보니 제니퍼에게 문자가 와 있었다.

─이야기는 잘했어?

─선생님은 기억하지 못했어. 어쩌면 내가 잘못 봤을 지도 몰라. 하지만 이야기하길 잘했어. 선생님은 자기 가 그랬을지도 모른다는 사실만으로 부끄러워했고 미 안해했어. 네 말대로 합리적인 사람 같아. 마음이 놓 여. 우리 아이들이 좋은 선생님과 초등학교 생활을 하 게 된 것 같아. 늘 용기 줘서 고마워.

─넌 진짜 용기 있는 사람이야. 선생님은 아주 합리

적인 사람 같아. 분명히 다음부터 더 신경을 쓸 거고 동료 교사나 다른 아이들의 행동에도 주의를 기울일 거야. 네가 어떤 일을 하든 응원할게. 이탈리아 사람들은 다문화를 추구하려는 마음은 있지만 다른 문화에 익숙하지 않기 때문에 여전히 갈 길은 먼 것 같아. 그럼에도 네 용기 덕분에 더 나은 방향으로 나아갈 거야.

나는 우리가 겉모습 때문에 주목받는 일은 아이들의 교실에서나 일어나는 거라고 생각했다. 어른들의 무지와 아이들의 순수한 잔인함으로 다름이 놀림과 차별의 대상이 된다 해도 항의하고 반복해서 이야기하면 충분히 바꿀 수 있다고 믿었다. 그 누구도 다른 이의 모습을 부끄러워하게 만들어서는 안 된다고 아이에게 이야기해주면 된다고. 그런데 부끄러움 차원의 문제가 아니었다. 그들과 다른 겉모습 때문에 거리를 나서는 것조차 두려워해야 하는 상황이 온 것이다.

하루는 일을 마치고 돌아온 남편이 놀라운 이야기를 들려주었다. 동료가 출근길에 지하철을 탔는데 어떤 이가 그를 향해 큰 소리로 "코로나다!" 하고 외쳤다는 것. 그날 이후 비슷한 일들이 연이어 일어났다. 바티칸에서 투어를 하는 한국인 팀에게 외국인이 다가와 다른 데로 꺼지라며 소리를 질렀다는 이야기, 친구가 길을 가는데 젊은 청년들이 순식간에 두 손으로 자신들의 얼굴을 가렸다는 이야기, 평소 혼자 학교에 가던 한국 아이가 두려워하며 엄마에게 등굣길 동행을 부탁했다는 이야기까지.

여태껏 우리는 외모로 차별당하면 정당한 분노로 맞서 싸웠다. 그런데 이 상황에서만큼은 분노보다 두려움이 앞섰다. 아시아인이라는 이유만으로 이탈리아 사람들에게 공포를 줄 수 있다는 것이, 그로 인해 우리가 신체적인 공격을 받을 수도 있다는 사실이 바이러스의 공포보다 더욱 강하게 우릴 압도했다. 지금까지 경험했던 차별과는 차원이 달랐다. 내 삶의 터전이 나쁜 방향으로 바뀌고 있었다.

09

혐오의 봉인 해제

첫째 이안은 집 근처 축구학교에 다닌다. 연습 중에는 별문제가 없는데 경기가 시작되면 아이들의 감정이 격해지는 일이 더러 있다. 그럴 때면 이안이 아무리 자신은 한국인이라고 이야기를 해도 '중국애' '인도애'라 불리기 일쑤다. 키가 작다고 '난쟁이' 소리도 들었다. 어느 정도 시간이 지나니 그런 놀림도 다 지난 이야기가 됐고, 아이들은 모두 친구가 됐다. 하지만 아이가 공을 잡으면 펜스 너머로 "쟤가 공 잡으면 쉽게 뺏을 수 있어"라는 말이 종종 들려온다.

처음 아이를 축구학교를 보내고 속상한 마음에 친한 엄마들에게 하소연을 늘어놓았다. 한 아이의 엄마가 말했다.

"로마에서 제일 크고 유명한 축구학교에 보내놓고 그럴 수 있을 거라는 생각을 못 했던 거야? 로마 전역에서 애들이 모이니 당연히 별별 일이 다 생기지. 몰랐어? 토티가 여기 축구학교 출신이야."

"정말? 난 몰랐어. 그냥 집에서 가깝고 친구들도 다 다니니까 보냈을 뿐인데…."

어쩐지 이 축구학교 이름을 말하면 남녀노소를 불문하고 모르는 사람이 없더라니. 그나저나 그렇게 유명하다면서 외국인 아이가 등록한 건 처음인지 국적을 표시해야 하는데 사이트 양식에서 한국을 찾느라 직원이 진땀을 뺐다. 괜히 축구학교에 보내서 듣지 않아도 될 말을 듣게 하나 싶어 속이 상했다. 축구를 잘 못해서 그런가? (아니! 못하니까 배우러 왔지!) 그런데 축구를 빼어나게 잘하는 한국 이탈리아 혼혈 아들을 둔 엄마의 이야기를 들으니 잘하면 더 심하단다. 이런, 잘하는 게 답도 아니구나. 잘하나 못하나 이런 일은 감수해야 한다는 건가? 부당하다는 생각이 들었다.

2월로 접어들면서 이탈리아 리그에서 뛰는 외국 선

수들의 인종차별 기사가 유독 많이 보였다. 비단 이탈리아뿐만이 아니었다. 유럽 각지에서 이런 사례들이 심심치 않게 들려왔다. 인터뷰 도중 마른기침을 한 손흥민 선수 기사에 일제히 코로나19 바이러스와 관련한 댓글이 달렸고, 심지어 그를 제외한 다른 선수들의 얼굴에 마스크를 씌운 합성사진까지 돌아다녔다.

사실 이탈리아 사람들의 반응은 어느 정도 예상을 했던 바이다. 다양한 인종이 자연스럽게 어울려 살게 된 것이 그리 오래되지 않은 나라이기 때문이다. 물론 한국에 비하면 이민자들의 정착이 훨씬 더 앞서 이뤄졌지만, 이민자와 이탈리아 현지인 사이에는 분명 계층의 벽이 존재했다. 그리고 그 벽은 내가 생각했던 것보다 훨씬 높고 단단했다.

관광객은 관광객일 뿐, 이탈리아 사람들은 일상에서 외국인 특히 아시아인을 만날 일이 거의 없다. 그래서 많은 이가 아시아인에 대해 잘 알지 못한다. 그들에게 아시아인은 우리와 '다른' 문화의 사람이라는 인식보다는 생김새부터 시작해 모든 것이 '틀린' 사람이라는 인식이 있다. 이번 코로나 사태로 아시아인에 대한 이탈리아 사람들의 공포는 더 과장되고 부풀려졌을 것이다.

무지는 학습으로 변화 가능하다고 애써 위안하며 넘기지만, 이미 이민 사회가 발달했고 인종차별을 사회 문제로 인식하고 있는 영국에서조차 인종차별 이야기들이 들려오니 당혹스러웠다. 뉴스에선 매일 전 세계의 아시아 혐오에 대한 기사를 내보냈다. 우리 역시 미디어를 통해, 부쩍 늘어난 아시아인에 대한 혐오 범죄를 접하며 유럽 사람들에 대한 두려움을 키웠다. 그들도 같은 뉴스 때문에 아시아인들에 대한 공포가 극대화되었을까.

다행히 몇 주가 지나고 확진자가 더 이상 늘어나지 않자 공격적인 분위기는 다소 가라앉는 듯했다. 그러나 유럽인들이 가지고 있는 아시아인에 대한 인식이 적나라하게 드러났다는 생각에 씁쓸했다. 바이러스 때문에 혐오가 생겨난 것이 아니라 겉으로 드러내지만 않았을 뿐 이미 가지고 있던 마음이 봉인 해제되어 외부로 분출된 것 같아서.

거리를 걸을 때 자꾸만 몸이 움츠러들고 나도 모르게 눈치를 보게 되었다. 나를 지나치는 누군가가 느닷없이 공격할 수도 있다는 의심이 일상을 옥죄어왔다.

혹여나 아이가 코를 훌쩍이거나 기침이라도 하면 나도 모르게 주변을 둘러보게 되었다.

방과 후 집으로 돌아오는 길에 이안의 같은 반 아이 엄마에게 몇 주 동안 졸이던 마음을 털어놓았다. 그녀는 이탈리아 사람들이 코로나에 너무 과하게 반응하고 있다며 대신 사과했다. 우리와 나란히 걷고 있던 이안이 친구와 장난을 치다가 대화 속 '바이러스'라는 단어를 듣고 말했다.

"학교에서 오늘 비타민에 대해 배웠어. 선생님이 그러는데 우리에게 중요한 건 비타민 C랑 D래. 이게 있으면 몸이 튼튼해진대."

이 천진난만한 아이가 목격할 우리 세계의 민낯을 생각하니 더욱 안타까운 마음이 들었다.

코로나 바이러스는 사람들의 인식을 드러내는 리트머스종이였다. 나는 바이러스에 위축되어 누군가 우리를 공격해오지 않았을까 경계하고 의심했다. 우리에게 나쁜 마음을 가지고 있을 거라는 생각으로 나 역시 모든 이탈리아 사람들을 부정적으로 바라보고 있었다.

하지만 유아차를 끌고 나가는 나를 위해 카페 문을

잡아주던 할아버지는 여전히 따뜻한 미소로 카페 문을 잡고 기다려주었고, 길에서 마주칠 때마다 아이들의 볼에 뽀뽀를 해주던 할머니도 변함없이 아이들을 꼭 껴안아주었다. 다른 사람들이 우리를 불편해할까 봐 소아과에 오는 내내 마음을 졸였다는 나의 말에 의사 선생님은 미안하다며 먼저 두 손을 잡아주기도 했다. 진짜 심각한 문제는 바이러스가 아니라 공포심이라며 너무 많은 정보에 휘둘리지 말자고, 과거 수많은 전염병도 우린 현명하게 잘 이겨내왔다는 긴 글을 단톡방에 올린 것도 이탈리아 엄마였다. 매일 등하굣길에 반갑게 인사하던 학부모들을 어떻게 대해야 할지 몰라 주저할 때 먼저 다가와 아이들을 힘껏 안아주었던 것 역시 그들이었다. 이런 일들을 겪으며 나는 차별과 혐오보다 동등함과 이해로 우리를 바라봐주는 사람이 더 많다는 확신을 가졌다.

그래서 나는 지금 이 상황에 더 이상 의미를 담아 움츠러들지 않기로 결심했다. 그런 모습이 오히려 나 스스로 차별을 인정해버리는 꼴이니까. 나는 내가 정말 집중해야 하는 것으로 눈을 돌렸다. 보란 듯 영국의 모든 신문 1면에 손흥민의 결승골에 대한 기사와 큼직한 그의 사진이 실렸다.

얼마 뒤 축구학교에서 아이들의 경기를 관람하는데 강력해 보이는 공을 이안이 겁도 없이 잘도 막아냈다. 그날 날아오는 공을 막느라 손가락이 꺾여 인대가 늘어났다. 그럼에도 마지막까지 골을 막아내고 의기양양하게 축구장을 나오는 이안에게 엄지를 추켜올리며 물었다.

"어쩜 그렇게 잘해? 너무 잘 막던걸? 엄마가 봐도 정말 센 공이었어!"

"내가 네 살 때는 축구를 잘 못하니까 애들이 골키퍼만 하라고 했거든? 그런데 네 살부터 골키퍼를 한 거잖아. 오래 했으니까 지금은 잘하게 된 거지. 그때 많이 했으니까 잘하게 된 거야."

이안은 자기 자리에서 할 수 있는 최선을 다했고, 부정적인 감정에 매여 스스로를 무너뜨리지 않았다. 열정을 다해 공을 잡느라 손가락이 꺾여 3주나 붕대를 감고 있어야 했지만, 친구들 사이에서는 축구 영웅으로 불렸다.

모든 상처가 흉터를 만들지는 않는 것 같다. 주인공에게 안 좋은 일이 일어난다고 해서 그것이 비극적인 소설은 아닌 것처럼 말이다. 우리는 역경을 통해 배우고 성장한다. 상처받기가 두려워서 마음을 졸일 게 아니라 상처가 우리를 얼마나 단단하게 만들지 기대해보는 것도 좋겠다. 상처가 난 부위에서 튼튼한 새살이 올라오는 것처럼. 이안의 늘어난 인대가 그를 축구 영웅으로 만들어준 것처럼.

　며칠 동안 들려온 흉흉한 소식에 마음 졸이며 외출을 망설였지만, 오늘은 용기를 내어 집을 나선다. 하늘이 유난히 맑고 푸르다. 나는 보란 듯이 가슴을 쫙 펴고 크게 심호흡을 한다. 그리고 되뇐다.
　"바이러스 따위에 지지 않아. 우리에게 정말 중요한 것은 비타민 C와 D."

10

신이시여, 우리를 폭풍우 속에
내버려두지 마세요

　　　　　다음 날 이동제한령이 떨어질 줄은 꿈에도
모른 채 우리는 중고차 판매점으로 향했다. 첫째 이안
이 태어날 때 구입한 차를 팔기로 한 것이다. 9인승 폭
스바겐. 6년 반 동안 무려 16만 킬로미터를 달렸다. 이
녀석 덕에 함께 참 많은 곳을 여행했다. 3월엔 남편이,
여름엔 아이들과 내가 한국에 갈 계획이었다. 한국에
서 돌아올 때면 항상 짐이 한가득이었는데, 많은 짐을
옮기기에는 이만한 녀석이 없기에 올해까지는 이 차를
쓰고 내년에 처분할 생각이었다. 그런데 코로나 상황
으로 한국행이 불가능해지면서 차를 팔기로 했다. 부
디 폐차만 아니길 바랄 만큼 혹사를 시킨 녀석이었는

데, 고맙게도 마지막까지 제 몫을 다해주었다. 돈 한 푼 아쉬운 마당에 많진 않지만 소중한 현금을 우리에게 안겨주며 아름다운 작별을 고했다.

마지막 서류 작성을 위해 중고차 판매점에서 2킬로미터 떨어진 회계 사무실로 향했다. 사무실은 로마에서 15년을 살면서 처음 가본 동네에 있었다. 동네는 낡고 지저분했다. 이동제한령이 떨어지기 전이었지만 휴교령 상태였기 때문에 학교에 가지 않은 중학생들이 동네 곳곳에 모여 놀고 있었다. 딱 봐도 '노는 형들' 같았다.

서류 작성을 끝냈을 땐 점심시간이 한참 지나 있었다. 함께 온 아이들이 배가 고프다고 아우성이었다. 길 건너편에 맥도날드가 보였다. 내가 잠깐 들어가 햄버거만 사 오기로 했다. 그런데 그날 맥도날드에 들어서던 순간을 잊을 수가 없다. 매장 안은 발 디딜 틈 없이 사람들로 가득 차 있었다. 학교에 가지 못한 청소년들, 아이를 어린이집에 보내지 못해 유아차를 끌고 나온 엄마들, 후줄근한 옷차림으로 무표정하게 앉아 있는 중년의 아저씨들까지. 해피밀 두 개를 받아 들고 차에 오르며 남편에게 말했다.

"학교가 아니라 맥도날드를 닫아야겠어!"

2년 전 일이다. 일주일에 한 번씩 집 청소를 도와주던 페루 아주머니가 하루는 친구를 데리고 왔다. 그날은 일찍 일을 마쳐야 해서 친구와 함께 청소를 하겠다고 했다. 청소가 끝나고 인사를 나누는데 함께 온 친구가 수줍게 자기는 지금 임신 5개월이라고 했다. 임신 중에도 청소 일을 해야 하다니, 축하한다고 말하면서도 마음 한구석이 무거웠다. 때마침, 막 걸음마를 시작한 둘째 아이의 육아용품을 정리하던 중이었다. 유아차와 욕조, 아이 옷들이 혹시나 필요할까 싶어 물었다. 그녀는 환하게 웃으며 남편이 차를 빌릴 수 있으니 곧 연락하겠노라 했다.

그러나 몇 달이 지나도 답이 없어 내가 먼저 연락을 했다. 차를 빌리지 못한 데다 이젠 몸이 너무 무거워서 물건을 받으러 가긴 힘들 것 같다는 그녀에게 우리가 가져다주겠다고 했다. 로마에서 차를 타고 아주 오랜 시간 달려 도착한 그곳은 대중교통이 닿지 않는 외딴곳이었다. 그녀는 대체 (심지어 임신한 몸으로) 무엇을 타고 우리 집에 왔던 걸까?

동네는 믿기 힘들 만큼 추레했다. 로마에 이런 데가 있었단 말이야, 싶을 만큼. 1960년대 드라마에서나 볼 법한 재개발 직전의 낡은 아파트들이 따닥따닥 끝도 없이 붙어 있었다. 쓰레기 수거장도 없어서 아파트 입구마다 쓰레기봉투가 잔뜩 쌓여 있었다. 더욱 놀라웠던 것은 그 큰 아파트 단지에 슈퍼가 단 하나였다는 사실이다. 게다가 가장 질 낮은 제품만 파는 슈퍼 체인이었다.

그녀에게 전화하자 아들이 곧 나갈 거라고 했다. 얼마 지나지 않아 저 멀리서 한 청년이 우리 쪽으로 느리게 걸어왔다. 어? 엄마가 젊어 보였는데 배 속의 아이가 늦둥이였나 보네. 우리 앞에 멈춰 선 청년은 이탈리아에선 보기 힘든 초고도 비만이었다. 그는 고맙다는 말도 없이 퉁명스럽게 짐을 차에서 내렸다. 그러고는 집까지 함께 들어줘야 하나 망설이는 우리에게 고개를 까닥하더니 이만 가보라는 손짓을 했다.

결국 이동제한령이 내려졌다. 매일 안부를 주고받는 친구의 문자를 읽다가 그날이 다시 떠올랐다.

―빌 게이츠가 그러더라. 시작은 바이러스지만 결국은 빈부격차의 문제가 될 거라고. 오죽하면 미국에서 휴교령을 늦게 내린 이유가 학교를 닫으면 거리로 내몰

릴 아이들 때문이라고 하겠어. 어쩌면, 이 기회에 가족과 많은 시간을 보낼 수 있다고 말하는 것 자체가 우리가 많은 것을 누리고 있다는 뜻일지도 몰라.

학교는 문을 닫아버렸고, 아이를 맡길 데도 없고, 그렇다고 일을 쉴 수도 없는 부모들, 부모가 일터로 떠난 뒤 맥도날드에서 시간을 죽이던 아이들. 이동제한령이 내려져 사람들이 집에 머무르는 동안, 가난하고 연약하고 아프고 나이 들고 어리고 교육받지 못한 이들은 새로운 위험에 노출되어 있었다. 온라인으로 수업이 전환되면 태블릿이 없는 아이들은 어떻게 되는 걸까. 가정폭력에 시달리던 아이들은 지옥에서 벗어날 수 있었던 그 시간조차 사라지는 걸까. 혼자서 장을 볼 수 없는 노인들, 인터넷 사용이 익숙하지 않은 그들은 어떻게 되는 거지.

우리가 매년 여름을 보내던 지중해 절벽의 작은 마을들, 이런 곳에 어떻게 사람이 살 수 있을까 싶을 만큼 산꼭대기에 자리 잡은 중세 때 지어진 도시들, 작은 병원 하나 없는 유럽의 많은 소도시와 그보다도 열악한 수많은 나라들은 바이러스에 무방비로 공격당할 것이다. 페루 아주머니 가족은 그 큰 단지의 이웃들과 겨우 슈퍼 하나를 공유하며 이 상황을 버텨내고 있는 걸까?

봄비가 귀한 로마에 온종일 비가 오던 3월 어느 날이었다. 저녁 6시에 텔레비전을 켜니 화면 속에 성 베드로 광장이 나타났다. 최대 30만 명이 운집할 수 있는 베드로 광장은 텅 비어 있었고, 흰옷을 입은 한 사람만이 천천히 광장을 가로질러 걸었다.

Dio, non lasciarci nella tempesta.
신이시여, 우리를 폭풍우 속에 내버려두지 마세요.

나이 든 교황 프란치스코의 목소리가 가늘게 떨렸다. 마음의 준비도 가족과의 인사도 장례식도 없이 죽음을 맞은 이들을 위해 교황은 예외적으로 전대사 은혜(죄뿐 아니라 치러야 할 죄의 대가까지도 모두 용서해주는 '죄 사함')를 내렸다.

같은 시각, 뉴스에선 당일 확진자와 사망자 수 브리핑을 하고 있었다. 오늘 하루만 이탈리아에서 969명이 죽었다. 코로나19 바이러스 감염증 발병 후 가장 높은 숫자였다. 요 며칠 수치가 미세하게 낮아지고 있어서 조심스레 가져본 희망이 무너졌다. 나는 그만 주저앉아 울고 말았다. 이토록 잔인한 바이러스라니. 이렇게 허무한 죽음이라니. 제발 신이시여, 우리를 폭풍우 속에 내버려두지 마세요.

인간의 한계를 인정할 수밖에 없는 우리는 이제 무엇을 해야 할까. 아니 무엇을 할 수 있을까.

외출금지령

　　　　모든 것이 멈췄다. 결국 멈춰버리고 말았다.
확진자와 사망자 수치가 걷잡을 수 없는 지경에 이르
렀기 때문이다. 정부는 이탈리아의 모든 지역을 zona
rossa(위험 지역)로 지정하고, 전 국민 외출금지령을 내
렸다. 한 치 앞도 모르는 게 인생이라지만 정말 이렇게
까지 몰라서야 되겠나. 매일이 심하게 역동적이다. 하
루아침에 세상이 멈췄다. 여기서 더 나빠질 게 있을까.
매일 아침 휴대폰을 열면 밤새 한국에서 날아온 걱정
담긴 안부가 가득이다. 그런데 신기하게도 우리의 일
상은 견고하고 평화로웠다. 늦잠을 잔다고 누구 하나
뭐라고 하지 않는 상황에서도 우린 매일 일어나던 시간

에 일어났다. 아침밥이 없던 삶에 다 함께 앉아 아침을 먹는 풍경이 더해졌다. 청소를 하고 빨래를 했다.

점심을 먹고 아이들은 뒤엉켜 놀고 남편과 나는 어제 담가둔 레몬청에 따뜻한 물을 붓고 마주 앉았다.

"휴가를 떠나지 못한 여름방학 같아. 여름에 한 달은 가게들도 식당들도 관공서도 다 닫잖아. 당신은 투어로 바쁘고 어차피 우린 모두가 휴가를 떠난 텅 빈 로마에 남아 있어야 했는데 더워서 나가지도 못했잖아. 그래도 지금은 시원하지. 그리고 당신도 있지. 이상하게 평온해."

남편이 차를 마시다 말고 멸치를 가져와 다듬기 시작했다.

"저녁엔 멸치볶음을 하려고."

그가 한국 라디오를 틀었다. 여긴 오후인데 한국은 밤이었다. 낮에 듣는 심야의 라디오는 마음을 간질이는 구석이 있다. 김윤아의 노래가 흘러나왔다. 〈Going Home〉. 집에 앉아 집으로 돌아가는 길의 마음을 들으니까 기분이 이상했다. 우리는 당장 내일의 일조차 알수가 없으니까 그저 너의 등을 감싸 안으며 '다 잘될 거야'라고 말할 수밖에. 몇 마디 노랫말에 마음에 세워둔 경계가 순식간에 허물어지면서 이런저런 생각들이 뒤섞였다.

딸아이가 다가와 초콜릿을 하나 물고 갔다. 햇살이 좋았다. 어린 시절 엄마가 꽃무늬 장판이 깔린 거실에 앉아 이런 햇살을 받으며 멸치를 다듬던 풍경이 겹쳐졌다. 외출금지령이 떨어진 상황에서 맞이하는 낭만적인 오후라니. 언제 끝날지 모른다는 불안보다 내일도 함께 쉬어간다는 사실은, 놀랍게도 조바심을 멈추게 했다.

우린 각자의 자리에서 자신의 역할을 하며 하루를 즐기고 있다. 내일에 대해 이야기하지 않는다. 어차피 알 수 없는데 뭐. 우린 오늘에 대해 이야기한다. 이안이 멋진 그림을 그렸고 이도가 이상한 말을 했다고, 날이 너무 좋고 마음을 울리는 글을 읽었노라고. 거리는 한산하지만 적막하지는 않다. 간간이 들려오는 소음이 도리어 마음을 감싸 안는다. 세상이 완전히 멈춘 것은 아니구나.

휴교는 열흘에서 한 달로 연장되었다. 매일 학교 단톡방에는 아이들에게 사랑을 전하는 선생님의 목소리가 녹음되어 올라왔다. 친구의 생일엔 아이들이 축하 영상을 찍어 보냈다. 아이들은 종일 녹음된 목소리와 영상을 반복해 듣고 보았다. 우린 서로가 그립고 애틋했다.

정오를 알리는 종소리가 울렸다. 나는 하던 일을 멈추고 테라스로 나갔다. 멀리서 들려오는 종소리에 맞춰 박수를 쳤다. 건너편 테라스 여기저기에서 박수 소리가 울려 퍼졌다. 누군가 크게 노래를 틀었다. 〈Ma il cielo è sempre più blu그러나 하늘은 언제나 더 푸른걸〉. 코로나 상황이 무색하게 하늘은 푸르렀다. 외출금지령이 시작되면서 이탈리아 전역으로 확산된 정오의 박수는 너무나 열악한 환경에서 애쓰고 있는 의료진들을 위한 것이었다.

이탈리아의 의료진들은 현재 마스크가 제대로 수급이 안 되어 먼지 청소용 필터를 귀에 걸고 환자를 돌봤다. 의료진은 양성 반응이 나와도 증상이 악화되기 전까지 환자를 돌본다는 이야기도 들렸다. 코로나 사망자 중 8퍼센트가 의료진이었다.

이동제한령이 내려지고 3주가 지났다. 개학은 불투명해졌고 바로 여름방학을 맞이하고 9월 개학을 논의 중이라는 소식이 들렸다. 9월에라도 정상 복귀가 된다면 정말 좋겠다. 인터넷 기사만 보면 이탈리아 상황은 절망스럽다. 인종차별이 난무하고, 여전히 많은 사람이 마스크를 쓰지 않았다. 슈퍼의 물건은 순식간에 동이 났고 30분에 한 명씩 죽었다. 상황이 가장 심한 롬바르디아주는 전체 평균 연령이 70대 이하로 내려갔다고 할 정도였다.

로마의 오후 6시는 햇살이 가장 아름다운 시간이다. 이때면 모두가 테라스로 나와 노래를 부른다. 누가 정했는지는 모르지만 인터넷으로 순식간에 공유된 레퍼토리로 다 함께 노래를 부른다. 남편이 어제 연결해놓은 스피커에서 음악이 흘러나왔다. 둘째는 박수를 치고 첫째는 춤을 췄다. 이유를 알 수 없는 눈물이 흘렀다. 하늘을 올려보다가 건너편 집 할머니와 눈이 마주쳤다. 그녀가 이탈리아 국기를 흔들다가 나를 발견하고 울지 말라며 손을 흔들어줬다.

막막하고 두려워서 운 것이 아니었다. 처참하고 절망스러운데, 심지어 거지 같은 상황이 언제 끝날지도 모르는데, 사람들이 노래를 부르고 있지 않은가. 마치 아무리 슬프고 두려워도 삶은 아름답다는 것을 잊어서는 안 된다는 듯. 어떠한 역경 속에서도 삶은 아름다워야 한다고. 누군가는 이런 이탈리아 사람들의 긍정의 마인드 때문에 이 지경이 되었다고 하겠지만, 바로 긍정의 마인드 덕분에 이 말도 안 되는 상황을 버텨내고 있었다. 우리는 그 누구를 원망하고 탓하기보다 얼마나 더 아름답게 웃으며 춤을 출 것인지 생각한다. 세상이 멈춘 것이 아니라 각도를 바로잡는 중이라고 믿고 싶다.

수전 손택의 『타인의 고통』에는 "어떤 곳을 지옥이라고 말한다고 해서 사람들을 그 지옥에서 어떻게 빼내올 수 있을지, 그 지옥의 불길을 어떻게 사그라지게 만들 수 있는지까지 대답되는 것은 아니다"라는 구절이 있다. 물론 이 문장의 의미와 전혀 다른 방향이지만, 나는 이 구절을 보며 한 엄마가 학부모 단톡방에 올려준, 이탈리아의 어느 심리학자가 쓴 편지글을 떠올렸다.

사물과 법칙이 혼란스러울 때 우주가 재조정하는 방법이 있다고 믿습니다. 이상異狀과 역설로 가득 찬 지금, 우리는 이 상황을 겪으며 생각에 잠깁니다. 환경 재난으로 인한 기후 변화가 걱정 수준에 도달했을 때, 중국과 이를 따르는 많은 국가가 이를 막으려 노력해야 했습니다. 경제는 무너지

지만 공해는 상당히 줄어들어 공기가 좋아졌습니다. 비록 마스크를 사용하고 있지만 숨을 쉴 수는 있습니다.

과거의 과오가 강하게 연상되는 특정 차별 이념과 정책이 전 세계에서 재활성화되고 있는 역사적인 순간에, 바이러스가 도착하여 우리 역시 차별되고 분리될 수 있다는 깨달음을 주었습니다. 질병을 앓고 있는 사람들은 국경에 갇혔습니다. 비록 아무런 잘못을 하지 않았음에도 말입니다. 우리가 백인이고 서양인이고 비즈니스 클래스로 여행을 했다는 것은 상관없습니다.

생산성과 소비에 기반을 둔 사회에서는 모두가 하루에 14시간씩 달립니다. 토요일이나 일요일이 없으면, 달력에 빨간색이 없으면 언제 멈출지를 정확히 알지 못합니다. 집에서 며칠씩 멈추세요. 돈은 물론 그 어떤 보상으로도 측정할 수 없는 시간의 가치를 우린 잊고 있었습니다. 그 시간들이 주어진다면 무엇을 해야 하는지 여전히 알고 있나요?

자녀의 성장이 다른 사람과 기관에 위임되는 시대에 바이러스는 학교를 폐쇄하고 대안 솔루션을 찾도록 강요하며 엄마와 아빠를 자녀와 함께 두었습니다. 가족을 재건해야 합니다.

관계, 의사소통 및 사회성이 '가상공간'에서 주로 이루어지고 친밀감의 환상을 제공하는 시대에 바이러스는 현실 세계의 친밀함을 표현할 수단들을 빼앗아버렸습니다. 만지지 못하고 키스하지 못하고 추위 속에서조차 안을 수 없습니다. 우리는 이러한 제스처와 그 의미를 너무나 당연하게 생각했고 가치를 절하하지 않았나요?

자신이 속한 세계의 생각이 규칙이 된 사회에서, 바이러스는 우리에게 분명한 메시지를 보냅니다. 이것을 바꿀 유일한 방법은 상호성, 소속감, 공동체, 우리가 더 큰 것의 일부가 되는 느낌입니다. 나도 누군가를 돌보아야 한다는 느낌입니다. 당신의 행동에 따르는 책임과 도덕성은 당신뿐 아니라 당신을 둘러싼 모든 이들에게 영향을 미칩니다. 그리고 당신 역시 그들에게 의존하고 있습니다.

따라서 우린 누가 책임을 져야 하는지 또는 왜 이 모든 일이 일어났는지를 따지는 마녀사냥을 멈추고 우리가 이 상황에서 무엇을 배울 수 있는지 물어야 합니다. 이를 위해 우린 아주 많이 생각하고 약속해야 할 것입니다. 분명 우리는 우주와 그 질서에 많은 빚을 지고 있습니다. 이를 바이러스라는 비싼 가격을 치르고서야 알게 되었습니다.

그러니까, 지옥에서 어떻게 빼내 올 수 있을지, 이

지옥의 불길을 어떻게 사그라지게 만들지 대답은 되지 않지만 우리는 함께 여기에 있다는 것, 그 자체만으로도 이 지옥을 이겨낼 답이 나올 때까지 견딜 수 있지 않을까.

12
....

인생의 본질은 아름다움

　　　　한국에서도 마스크 대란이 벌어졌다는 소식
을 들었다. 마스크 공급 물량이 턱없이 모자란 것은 전
세계적인 문제였지만, 그래도 상대적으로 마스크가 풍
족한 한국에서까지 사람들이 애를 먹고 있다는 소식에
아빠가 걱정되어 전화를 걸었다. 다행히 겨울이 오기
전에 몇 박스를 사놓으셨단다. 아빠가 사는 집은 주택
2층인데, 겨울이면 욕이 저절로 나올 만큼 웃풍이 셌
다. 이불을 머리끝까지 올려 덮어도 코끝이 시렸다. 아
빠는 겨울 대비용으로 잠잘 때 쓰기 위해 마스크를 넉
넉히 구입해놨다며 이렇게 덧붙였다.

　"외출할 일도 없는데 주민센터에서 집으로 마스크를

가져다주니 심지어 남는다."

그러면서 껄껄 웃었다. 수화기 너머로 아빠 목소리를 들으니 안도감이 차올랐다.

지긋지긋한 웃풍이 이럴 땐 쓸모가 있구나. 주택이라서 좋은 점은 또 있었다. 아파트의 엘리베이터 같은 공용공간이 없으니 사회적 거리 두기도 자연스럽게 이뤄졌다.

"아빠, 자영업자들 다 힘들어 죽어요. 자식 있으면 학교가 다 닫아서 애 보느라 고생이고요. 아빠가 백수고 자식이랑 안 살아서 다행인 줄 아세요."

"맞다. 맞다. 내가 젤 속 편하다. 야야, 내 이제 〈미스트롯〉 봐야 된다. 백수가 짱이네."

현재의 평화를 확신하기도 힘들고 과거의 불행이 다행이 되기도 하는 아이러니의 시대. 우리는 웃으며 전화를 끊었다.

학부모 단톡방은 개그 프로그램이 된 지 오래다. 수도 없이 올라오는 메시지는 거의 다 '짤'이었는데. 다들 자가 격리 하면서 웃긴 짤만 모으는 거 아닌가 싶을 만큼 종류도 다양했다. 한국인도 어디 가서 꿀리지 않는

119

해학의 민족인데 짤 생성만큼은 이탈리아인을 절대 못 따라가는 것 같다. 단톡방에는 특히 코로나 시국을 풍자하는 웃긴 짤들이 많이 올라왔다. 하루에 157번 20초씩 손을 씻은 결과 터미네이터 손이 되어버린 사진, 미용실도 못 가고 지내느라 〈스타워즈〉의 바야바가 된 사진, 그중 특히 배꼽을 잡은 건 옛 졸업 사진과 그 아래 쓰인 문구였다. 모든 미용실이 문을 닫자 다시 부모가 머리를 잘라주는 시대가 도래했다며, 똑같이 바가지 머리를 한 이탈리아의 옛 졸업 사진 아래에 "이리와, 엄마가 멋지게 만들어줄게"라고 쓴 짤이었다. 나는 남편에게 달려가 돼지처럼 꺽꺽 웃으며 휴대폰 속 사진들을 보여줬다. 먼 훗날 이때를 돌이켜보면 이 졸업 사진이 가장 먼저 떠오를 것 같다. 지금 이 시기가 암울하게만 기억되지는 않겠지.

영화 〈인생은 아름다워〉. 지구상에 그런 영화를 만들어낼 수 있는 건 이탈리아 사람들뿐일 것이다. 어릴 적 이 영화를 보고 아름다운 인생은 행복한 인생을 뜻한다고 생각했다. 아니었다. 불행 속에서도 우린 삶 속의 아름다움을 발견할 수 있고 어떠한 순간에도 인생은 아름다움을 추구해야 한다는 메시지가 숨겨져 있었다.

'아들아, 처한 현실이 이러해도 인생은 정말 아름다운 것이란다.'

가장 참혹한 순간에도 유머를 잃지 않고 아들에게 아름다운 기억을 만들어주었던 영화 속 귀도는 이탈리아 그 자체다.

코로나19가 터지기 직전, 이안의 소풍날 아침이었다. 오전 7시 반까지 온다던 소풍 버스는 8시가 다 되어가도록 나타나질 않고, 운전기사는 진작 출발했다는 답만 되풀이했다. 이른 아침 공기가 차가워 아이들은 담임선생님과 교실로 다시 올라갔다. 버스는 결국 한 시간 반이나 늦은 9시에 도착했다. 버스가 올 때까지 이탈리아 부모들은 무얼 했을까.

적어도 출근을 걱정하는 이는 아무도 없었다. 우리는 한 시간 반 동안 그저 신나게 떠들었다. 잠시 추위를 녹이려고 들어간 바에서도 카푸치노를 마시며 떠들었다. 한 아이 아빠가 타고 온 전동 킥보드를 엄마들이 돌아가며 탔고, 아내들의 어설픈 운전 솜씨를 남편들이 비디오를 찍으며 놀렸다. 몇몇 아빠는 소풍 버스에 붙일 안내판을 자기들 등에 붙이고는 우리가 직접 소풍 장소로 아이들을 실어 나르는 게 버스보다 빠를 거라는 농담을 하며 웃었다. 어느 누구도 지각을 할까 봐 발을 동동거리지 않았다. 버스가 도착하자 이탈리아가 월드컵 우승이라도 한 듯 일제히 환호했다. 도착한 버스 옆면에는 지도가 그려져 있었는데, 프랑스 파리에 붉은 점이 표시되어 있었다.

"버스가 파리에서 출발했네. 그럼 완전 빨리 도착한 거네."

"그래도 역시 여행의 백미는 로마지."

호흡이 착착 맞았다. 드디어 아이들이 출발하고 나서야 다들 "Buon lavoro일 잘해!" 크게 소리쳐 인사하며 출근길에 올랐다. 나는 그들이 일터에 도착한 장면을 상상해보았다. 회사에서 "아니, 이렇게 늦으면 어떡합니까?" 하고 묻기도 전에, "아이 소풍 버스가 늦게 왔지 뭐야" 먼저 말을 꺼내며 신나게 썰을 풀어내는 모습이 그려졌다.

한번은 우체국에서 이런 일도 있었다. 내 번호표는 220번, 전광판엔 150번. 우체국 안에 앉아 있는 사람은 20명 남짓이었다. 옆에 앉은 할머니의 번호는 210

번이었다. 할머니의 우아한 옷차림에 눈길이 자꾸 갔
다. 그러다 할머니와 눈이 딱 마주쳤다. 할머니는 전광
판 번호가 몇 번이냐고 물어봤다.

"155번이에요."

그녀는 전광판 번호가 바뀔 때마다 물어봤고, 나도
딱히 기다리는 것밖에 할 일이 없으니 번호가 바뀔 때
마다 읽어드렸다. 번호가 180번 정도 되었을 때 할머
니가 긴 한숨을 쉬었다.

"난 늙은이야. 나이 든 사람의 말이니까 그냥 흘려들
어. 내 나이 쉰, 예순 때까지도 이탈리아는 참 좋았지.
느리고. 따뜻했어. 그런데 지금의 로마를 봐. 엉망진창
이야. 너무… 너무… 빨라. 매시간, 매분, 뭐가 너무 많
아. 계속 무언가 바뀌고 말이야. 늙은이의 말이야. 그
냥 흘려들어. 그런데 너무 빨라. 우리 나이 든 사람들
은 너무 힘들어. 그냥 들어. 늙은이의 말이야."

할머니, 그 빠른 게 말이죠. 그 빨라졌다는 것이 말
이죠. 여전히 얼마나 느린지 아십니까? 한국은… 말이
죠… 하고 말하려다 멈추었다.

"이탈리아도 참 많이 변했어요. 그렇죠?"

이렇게 느림과 기다림에 익숙한 이탈리아 사람들도 집에 머문 지 한 달이 넘어가자 슬슬 지치기 시작했다. 단톡방을 점령한 웃긴 짤들 사이로 어느새 언제까지 이런 상태가 지속될까 우려 섞인 메시지들이 끼어들었다. 외출금지령이 떨어진 첫 주만 해도 모두가 테라스로 나와 노래를 불렀지만 한두 집씩 안 보이더니 이제는 몇 집만 얼굴을 비췄다.

다들 지쳐갔다. 그래도 힘을 내자고, 우리 가족은 12시 박수도 18시 노래도 가장 먼저 시작했다. 조용하던 골목에 우리 네 사람의 박수 소리가 울리면 하나둘 사람들이 테라스로 나와 함께했다. 차츰 커지는 박수 소리에 우리는 힘을 얻었다. 어쩌면 누군가의 박수를 받고 싶었는지도 모르겠다. 우리가 희망을 잃지 않기 위해서. 박수 소리와 함께 저 멀리 종소리가 울려 퍼졌다.

우리 가족은 정오에 박수를 치고, 한 시간 정도 각자의 시간을 가졌다. 우리 부부를 위한 시간이었다. 하루 중 엄마 아빠의 개인적인 시간이 필요하다는 것을 아이들에게 이야기하고, 비록 집이라는 공간에 함께 머물 수밖에 없지만 의식적으로 시간을 구분했다. 혼자 되는 시간이 필요함을 아이들도 이해했다. 그 이후엔 다 함께 책을 읽기도 하고 넷플릭스에서 추억의 영화를 선택해 2인용 소파에 엉켜 앉아 감상을 하기도 했다.

저녁 6시에 노래를 부르고 나면, 첫째는 매일 학교에서 보내주는 숙제를 하고 난 그 옆에 앉아 책을 읽었다. 남편은 둘째와 저녁을 준비했다. 어느새 이 리듬이 우리 가족의 하루 루틴이 되었다. 부엌에서 간간이 "그건 건들지 마" "뜨거우니까 가까이 가면 안 돼" 하는 말이 들려왔지만, 둘째가 아빠를 도와 맛있는 저녁을 준비할 것이라 믿으며 나는 온전히 그 루틴을 즐겼다.

그게 다 무슨 소용이냐고, 생존 신고도 아니고 어떤 의미가 있냐고 누군가는 물을지도 모르겠다. 사람들은 훗날 이 시기를 어떻게 기억할까. 실망스러운 정부에 정치는 불안하고 국민은 이기적이고 다수는 소수를 차별하고 의료는 붕괴되고 약자는 방치되며 시스템은 엉망인 데다 미래는 알 수 없고 바이러스는 사라지지 않고 멈춰진 우리의 일상은 보상받을 길이 없고, 그렇게 크고 작은 상처들로 기억될까.

지금 우리는… 우리는… 두렵고 슬프다. 우는 이유를, 분노하는 이유를, 불안한 이유를, 잠들지 못하는 이유를 굳이 설명할 필요도 없을 만큼 두렵고 슬프다. 하지만 우리는 계속해나간다. 이 깜깜한 하루를 우리의 춤과 노래로 기억하기 위해서 우리는 계속 춤추고 노래한다. "이건 게임이야" 하고 조수아의 귀에 대고 속삭이던, 지옥 같은 수용소에서도 도라에게 음악을 들려주려고 했던, 귀도처럼.

비록 감당하기 힘든 비극 속에 있어도 이 짧은 유희遊戲가 우리 삶에 원동력이 되고 큰 뿌리가 될 아름다움이길 바라기 때문이다.

13

전세기가 왜
공짜라고 생각해?

　　　　　－이민 간 분들은 양심 있으면 오지 말아야
죠. 그럴 리도 없지만, 만약 당신들이 치료비를 낸다
해도 우리나라에는 부담입니다. 의료진이 로봇인 줄
아시나요? 생명에 위협을 받고 있는데도 희생하고 있
는 분들이에요. 당신들에게는 공짜 의료 서비스로만
느껴지겠죠.

　얼마간 이탈리아에 사는 한인들의 가장 큰 이슈는
전세기였다. 전세기 수요 조사를 하던 중에 한국에서
먼저 기사가 났다. 여전히 파악 중에 있는 인원을 기자
는 무슨 근거로 '600여 명'이라고 명시했을까. 정확한

일정도 금액도 인원도 정작 이탈리아에 있는 우리는 모르는데.

　－피신도 하고 치료도 하려면 우리나라만 한 곳은 없지. 막말로 대한민국이 방역 실패했으면, 당신들이 목숨 걸고 돈 내고 시간 내서 우리나라 사람들 보호해줬을 거라 생각해?
　－한국이 싫어서 조국을 등진 인간들에게 왜 비싼 전세기를 투입해 데려와서 치료까지 해주나?

　외국에 산다는 이유만으로 얼굴도 모르는 이들에게 무자비한 댓글 공격을 받았다. "자기가 싫어 떠난 한국으로 돌아오려는 검은 머리 외국인"이라는 말이 마음에 들러붙어 떨어지지 않았다.

　북부 이탈리아의 확진자 수가 걷잡을 수 없이 늘어나더니 결국 봉쇄 조치가 내려졌다. 그날 밤, 어마어마한 인원이 남부행 기차에 몸을 실었고, 급기야 한 기차역에는 군대가 사람들을 내리지 못하게 막는 일도 벌어졌다. 남부 사람들은 북부의 확진자(일지도 모르는 사람)

들의 남부행을 달갑지 않게 여겼다. 당시만 해도 남부
는 확진자가 많지 않았다. 이탈리아 최남단 풀리아의
작은 마을에서 코로나 확진자가 나왔는데, 북쪽에서
온 동생이 전파자라는 뉴스에 남부 사람들이 분통을 터
뜨렸다. 밀라노에서 거주하는 한 셀럽은 북쪽 사람들
에게 제발 이기적인 행동을 자제하자고 하소연했다.

남쪽으로 향한 이들은 고향의 가족들 품으로 돌아가
고 싶었을 것이다. 남부의 가족들은 그들에게 상대적
으로 더 안전한 여기로 내려오라고 하지 않았을까. 그
런 그들을 이기적이라고 비난할 수 있을까? '네가 싫어
떠난 곳'이라는 말도 너무 잔인하다. 대구에서 나고 자
란 오빠가 서울에서 직장을 선택한 것이 대구가 싫어서
가 아니듯, 우리가 이탈리아에 사는 것도 한국이 싫어
서가 아니기 때문이다.

이탈리아는 출생지의 국적을 얻는 속지주의가 아니
라 속인주의이기 때문에 여기서 태어난 아이들도 부모
를 따라 한국인이다. 우린 이탈리아에 살지만 아이들
이 한국말을 잃지 않도록, 또 언제나 한국에 자부심을
가질 수 있도록 노력한다. 이 아이들이 자라서 전세기
기사에 달린 댓글을 보게 된다면 우린 뭐라고 설명해주

어야 할까.

전세기 기사가 나온 뒤 하루가 멀다 하고 한국의 가족과 지인들에게서 연락이 왔다.

"정부에서 전세기 보내준다는데 왜 안 와?"

"전셋집이 정부에서 공짜로 주는 집도 아닌데, 왜 전세기는 공짜라고 생각해?"

그들 대부분 전세기를 무료라고 생각했다. 나 역시 전세기 탑승을 고민하는 입장이 되기 전까지는 돈 생각을 미처 하지 못했다. 영화 〈쥐라기 공원〉에서 티라노와 사투를 벌이다 죽음 직전에 헬리콥터에 올라탄 주인공들처럼, 그냥 몸만 오른 뒤 미소를 지으며 아래를 내려다보면 되는 줄 알았다. 영화에선 헬리콥터를 타고 살아남는 모습만 보여주고 그 이후 주인공들이 어마어마한 헬리콥터 비용을 지불해야 했음을 알려주진 않았다.

아이들을 재우고 남편과 한국행의 장단점을 하나부터 열까지 차분히 열거해보았다. 한국이 더 안전해 보인다는 것을 제외하면 하나같이 부정적이었다. 인정하기 싫지만 그중 가장 큰 단점은 비용이었다. 전세기는 편도이며 성인 한 명의 비용은 200만 원, 예년의 이

기간 한국행 왕복 비행기 표 가격의 두 배다. 만 12세 이하는 150만 원이다. 가족 넷의 비용은 편도 총 700만 원. 귀국행 비행기 표까지 하면 1,400만 원이다. 한국이 여기보다 외출이 자유롭다 한들 비행기 푯값만 1,400만 원을 쓰고 마음 편히 머물 수 있을까. 수입이 죄다 끊긴 이 시점에.

한국행은 진작 생각을 접었다. 우리만이 아니었다. 고령의 부모님 걱정과 이탈리아 상황에 대한 불안함이 한계치까지 닿아 너무나 한국행을 염원했던 친한 가족도 전세기 가격 때문에 귀국을 포기했다. 돈 앞에 무릎을 꿇게 되어 서럽다는 그들의 말에, 무릎을 꿇기에 돈만 한 이유가 또 있겠냐며 우린 쓰게 웃었다.

그러나 차마 그 누구도 한국의 가족에게 비용 때문이라고 말할 수는 없었다. 하루에 700명 가까이 죽어나가는 이탈리아에서 돈 때문에 전세기를 포기했다는 자식의 말을 듣는 부모의 마음은 어떨까. 반은 맞고 반은 아닌 말로 가족들을 안심시켰다.

"우린 잘 지내고 있어요. 뉴스로 보는 것만큼 심각하진 않아요."

가끔 적막함을 깨는 구급차 소리에 가슴이 쿵 내려 앉기도 하지만, 다행히 지인 중 확진자도 없고 동네 슈퍼의 사재기도 없으니 이 모든 일들이 거짓말처럼 느껴졌다.

집 안은 평화롭다. 두 아이는 여전히 사이가 좋고, 어제도 오늘 같고 내일도 오늘 같을 일상에도 웃음이 끊이지 않는다. 아이의 학교 숙제를 봐주고 함께 책을 읽는다. 심지어 우리에겐 넷플릭스와 어제 서비스를 오픈한 디즈니 플러스 채널도 있다. 일요일 밤엔 애들 재우고 밤새 친한 엄마들끼리 화상 채팅 앱으로 단체 영상 통화도 했다. 남편은 이참에 원 없이 슈퍼히어로 시리즈를 섭렵 중이다.

'검은 머리 외국인'이라는 댓글을 보고, 누가 검은 머리만 맞는 말이라고 해서 한참을 웃었다. 분명 웃긴 했는데 이상하게 슬펐다. 동막골 주민이 된 것 같아. 전쟁이 지나도 고립되어 아무것도 모른 채 삶을 살아가는.

3월 17일은 이탈리아 통일 기념일이었다. 로마제국 몰락 이후 도시국가로 나뉘었던 이탈리아가 하나의 나라로 통일된 날이다. 그날 오후 같은 골목길에 거주하는 사람들이 각자의 테라스에서 다 함께 노래를 불렀다. 이탈리아 국가 〈Inno di Mameli마멜리의 찬가〉'였다.

Fratelli d'Italia
l'Italia s'è desta
이탈리아의 형제들이여
이탈리아가 일어났도다

모두가 크게 소리쳐 부르며 눈을 마주치고 손을 흔들었다. 함께 손을 흔들며 미묘한 감정에 휩싸였다. 이 '검은 머리 한국인'에게 형제라고 불러주는 거니? 이곳에서 우리는 함께 노래해도 괜찮은 거야?

14

괴로움이
다른 역경으로 잊혀지네

시작은 작은 벌레였다.

3월의 어느 초저녁, 화장실에 들어서자 변기 주변에 두세 마리의 벌레가 붙어 있는 게 보였다. 보이지 않았을 땐 상관없던 이 벌레가 한번 눈에 띄니 감당할 수 없이 거슬렸다. 검색해보니 나방파리였다. 최악이었다. 하수구에서 올라온다기에 끓인 물을 붓고 소금도 넣어보고 식초도 뿌려보고 약도 쳐보았지만 줄어든다 싶다가도 어디선가 다시 나타나 뻔뻔하게 변기 옆에 붙어 있었다. 하필 온종일 집에만 있어야 하는 이 예민한 시기에 이런 벌레까지 신경을 쓰이게 하다니! 신경쇠약에 걸린 사람처럼 화장실을 들락날락하며 벌레를 감시했다. 이 벌레만 없다면, 내 마음은 평화로울 텐데!

이동제한령이 두 번의 연장을 거듭하던 4월의 어느 날이었다. 새벽에 잠에서 깼다. 아이들을 재우다 잠들어 오전 늦게 일어나는 일이 일상화되었는데 오랜만에 맑은 정신으로 새벽을 맞이했다. 거실로 나가 넷플릭스를 켰다. 새벽에 어울리는 영화를 고르던 중 소파 옆으로 무언가가 지나갔다. 반사적으로 바닥을 내리쳤다. 발랑 뒤집혀 죽어 있는 이것이 내가 떠올리는 그것은 아니겠지? 잠든 남편을 깨웠다.

"설마 바퀴벌레야?"

"그럴 리가 있어?"

남편은 반문하며 한 손으론 바퀴벌레를 검색하고 있었다. 그의 휴대폰 화면엔 내가 죽인 그것과 똑같이 생긴 벌레가 떠 있었다.

나방파리도 괜찮습니다. 제발 바퀴벌레만은…. 결국 주방, 욕실, 거실, 창고의 물건들을 모조리 다 들어내고 박박 문질러 닦기 시작했다. 코로나19 바이러스 때문에 구입한 고무장갑과 마스크로 중무장을 하고 청소를 하는데 욕지기가 올라왔다. 1940년대에 지어진, 백

살 가까운 아파트에선 어쩌면 자연스러운 일일지도 몰랐다. 하지만 정말…. 아… 정말이지 이런 자연스러움은 추구하고 싶지 않다.

가구들을 옮겨 바퀴벌레가 등장할 법한 모든 구석구석을 쓸고 닦았다. 새벽부터 시작된 청소는 오후가 되어서야 끝이 났다. 대열을 이탈했던 가구들이 다시 제자리로 돌아갔다. 뽀독뽀독 상쾌해진 집을 바라보며 바퀴벌레의 등장이 청소의 희열을 알게 해주려는 큰 그림이었나 싶었다. 그래, 큰 그림을 완성하자. 중무장을 한 채로 집을 나섰다. 몇 주 만에 감행한 외출의 이유가 바퀴벌레 퇴치 약을 사기 위해서라니…. 하지만 비닐봉지를 흔들며 집으로 돌아오는 나의 발걸음은 벌레들을 박멸할 생각으로 날아갈 듯했다. 강제 격리의 시간 중 가장 두근거리던 순간이었다.

집 안 구석구석 약을 뿌리고, 먹으면 전멸을 넘어 멸종한다는 바퀴벌레 밥(이라 적고 살상용이라고 읽는다)을 그들이 사랑할 만한 장소들에(아주 신중히 고심하여 선별했다. 내가 지금 바퀴벌레의 입장에서 생각할 여유가 없는데…) 놓아두었다. 내친김에 하수구에도 약을 잔뜩 뿌렸다. 방전된 몸을 침대에 눕혔을 땐 이미 해가 지고 있었다.

친구에게 전화를 했다. 우리 집에서 바퀴벌레가 나왔다는 사실을 남에게 말하긴 부끄럽지만, 또 아무에게도 안 하기도 견디기 힘들었다.

"새벽에 바퀴벌레가 나왔잖아. 사람이 웃긴 게 그러니까 어휴, 나방파리만 나올 때가 좋았다 싶은 거야."

"바퀴벌레? 우리 집에도 종종 나와. 우리 집이 시골집에다 심지어 주택이잖아. 시골집에서 바퀴벌레는 그냥 수많은 벌레 중 하나야. 보기에 징그러워서 그렇지 베드버그처럼 물리면 문제가 생기는 건 아니니까."

"너희 집은 시골이라 그렇지. 여기는 도시라고!"

"바퀴벌레야말로 도시의 상징 아니니? 왠지 아파트에 더 많을 것 같지 않아?"

"어쨌든 우리 집에만 나오는 게 아니라니 위로가 된다. 새벽부터 지금까지 괴롭던 마음이 바로 사라지네."

"하하. 나방파리, 바퀴벌레 그다음엔 쥔데…. 뭐, 그건 내가 나중에 자세히 이야기해줄게."

전화를 끊고 그토록 바라던 마음의 평화가 왔다. 너무 행복하다! 적어도 쥐는 나타나지 않았다! 감사하다! 벌레들에 대응할 약은 그래도 이 지구상에 존재한다!

해법이 존재하는 문제는 더 이상 위협적이지 않다. 바퀴벌레 퇴치 약을 뿌리니 놀랍게도 나방파리도 함께 사라졌다. 작은 벌레의 등장으로 괴로웠는데 더 큰 벌레가 등장하니 작은 벌레는 잊혔다. 심지어 쥐 이야기를 친구에게서 듣는 순간 큰 벌레는 해결 가능한 문제로 분류되었다. 아이러니다. 어제의 괴로움이 오늘의 역경으로 잊히고 내일의 공포가 오늘을 견디게 하다니 말이다.

그 끔찍한 생명체를 박멸한 며칠 뒤, 5월 초에는 외출 제한을 완화하고 대부분의 상점들이 영업을 재개할 거라는 이야기가 들렸다. 기다리고 기다리던 소식이었지만, 정상적인 일상을 마주하기가 주저되었다. 어쩌면 지금이 가장 행복한 순간일지도 모른다. 그저 벌레를 없애는 일이 가장 절박한 문제인, 모든 게 멈춰 있는 지금이 말이다. 일상만 멈춘 것이 아니라 현실적으로 우리가 당면해야 할 문제들도 정지해 있기 때문이었다. 격리가 해제되고 거리로 나서는 순간 현실을 마주해야만 했다. 무너진 이탈리아의 경제, 눈에 보이지 않는 바이러스에 한껏 예민해진 사람들, 회복이 불가능해 보이는 여행업계, 당장 백수가 된 남편. 게다가 무엇이 기다리고 있을지 모를 불안한 미래까지.

오랜 시간 얼어 있던 냉동 인간이 된 기분이다. 얼음이 녹고, 굳어 있던 몸을 어렵게 움직이고 고개를 들어 세상을 돌아보니 계절은 겨울에서 여름으로 변했다. 봄은 만나지도 못했는데 사라졌다. 잠에서 깨어나 너무나 달라진 세상에 어리둥절해하는 냉동 인간처럼 우왕좌왕한다. 작은 벌레 한 마리가 우리가 감당해야 하는 역경의 크기인 줄 알았는데 더 큰 벌레가 나타났다. 그런데 누군가 보이지 않는 생쥐도 있을지도 모른다고 말한다. 머리를 어지럽히는 상상에 허우적거리며 오지도 않은 5월 앞에서 잔뜩 움츠러들었다. 그때 목소리가 들려왔다.

"무리하지 않습니다."

"힘들면 그만합니다."

"가능한 만큼의 움직임만 가져갑니다."

영상 속, 요가 강사의 목소리였다. 남편은 최근 요가를 시작했다. 유튜브 요가로 매일 아침저녁 두 번씩 수련한다.

잊고 있던 기도문을 떠올렸다.

주님,

제가 오늘 할 수 있는 일은 최선을 다하게 해주시고

할 수 없는 일은 체념할 줄 아는 용기를 주시고

이 둘을 구분하는 지혜를 주소서.

−성 프란치스코San Francesco의 기도문

마음을 다해 기도했다. 일상이 다시 움직이기 시작하는 그날, 내가 할 수 없는 일을 체념할 수 있는 용기를 달라고. 경제 대공황, 바이러스의 재유행, 불확실한 미래 속에서도 내가 오늘 할 수 있는 일에 최선을 다하게 해달라고.

한 달을 훌쩍 넘긴 강제 격리 생활도 우려와는 달리 달콤했다. 거슬렸던 벌레들도 해결 가능했다. 어쩌면 5월에는 내가 모르던 아름다움이 나를 기다릴지 모른다. 떠올려본다. 고민하던 일들이 막상 닥치면 언제나 예상했던 크기보다 작았다는 사실을. 그리고 결국은 겪어내고야 말았다는 것을.

호흡을 가다듬는다. 꼬리에 꼬리를 물고 불안으로 향하던 마음의 흐름은 어느새 방향을 틀어 빛을 향해 흘러가고 있다.

15

사랑 말고 고생을 나눠요

　　연애 과정에서 다툼의 주된 이유는 내가 더 많이 좋아하는 것 같다는 서운함이지만, 결혼 생활에서 분쟁이 일어나는 건 대개 내가 더 고생하고 있다는 억울함 때문이다. 연인이 추구하는 것이 사랑의 평등이라면 부부는 고생의 평등을 추구한다. 우리는 함께 시간을 보낼수록 점점 서로의 언어에 간극을 느끼기 시작했다. 내가 네게 이만큼의 사랑을 주었으니 너도 내게 그만큼의 사랑을 달라는 달콤한 연인의 언어가, 내가 가정을 위해 이만큼 희생했으니 너도 그만큼 희생하라는 냉혹한 부부의 언어로 바뀌어 있었다. 둘 중 어느 쪽도 그 변화를 예상하지 못했으니 우리는 매일매일 새로운 말을 배우는 아이들 같았다. 알랭 드 보통의 『낭만적 연애와 그 후의 일상』에서 목요일 저녁 아내가 남편에게 이불 다림질을 부탁하는 장면이 나온다(아내의 부탁을 남편은 명령으로 들었을지도 모르겠지만…).

"내일 이불 커버 좀 다려주겠어?" 그녀가 책에서 눈을 떼지 않은 채 묻는다.

그는 속이 뒤틀리지만 애써 참는다. "내일은 금요일이야." 그가 지적한다. "금요일에는 그런 건 당신이 해줄 수 있을 것 같은데."

그러자 그녀가 올려다본다. 눈길이 싸늘하다. "그래, 알았어. 집안일은 내 일이지. 신경 쓰지 마. 물어봐서 미안." 다시 책을 읽는다.

삐걱대고 할퀴는 이런 충돌은 노골적인 분노보다 더 사람을 지치게 한다.*

아내의 말에 남편은 화가 치민다. 그는 자신을 위해

----

*   알랭 드 보통, 『낭만적 연애와 그 후의 일상』, 김한영 옮김, 은행나무, 2016.

직장을 다니는 것도 아닌 데다 매일 스트레스만 쌓이는데 집안일에 육아까지 도와야 하는 것이 부당하다고 생각한다. 아내는 남편의 시니컬한 반응에 화가 치민다. 하루도 쉴 수 없는 집안일을 조금이나마 남편에게 넘기려고 할 때마다 자신이 불공평하다고 느끼게 만드는 남편이 밉다. 집에 관련된 모든 것이 자신의 책임인 것이 부당하게 느껴졌다. 그리고 이 둘은 겨우 생각의 접점을 발견했다.

"사실은 누가 날 돌봐주고 보호해주면 좋겠어."

내로남불. 문제는 우리가 자기에게만 관대하다는 것이다. 상대방이 나에게 주는 점수에 비해 내가 나에게 주는 점수는 언제나 후하다. 내가 출전하는 경기는 늘 편파 판정이 일어날 수밖에 없는 구조다. 편파 판정은 분쟁을 야기하고 만다. 그리고 남편의 말에 의하면 이 지독한 편파 판정을 하는 심판이 나라는 것이다. '아무리 똑똑하고 사회에서 인정받는 남편이라도 아내에겐 모지리'가 나의 이상적인 배우자상이다 보니 내 눈엔 남편의 대부분이 미흡하게 비춰지는 것이 사실이다.

남편은 주로 이탈리아 남부 투어를 담당하다 보니 일주일에 집에 머무는 시간보다 이탈리아 남부 해안 길을 달리고 있는 시간이 더 많았다. 그래서 남편이 집에 머무는 주말엔 육아의 대부분을 그가 담당하도록 정했다.

"당신이 집에 없는 동안 내가 두 아이와 이 타지에서 얼마나 고생을 하는데!"

1득점. 공격은 항상 먹혔다. 나는 그가 가족의 유일한 수입원이지만 그 외의 부분은 아내인 내 몫이니까 그가 쉬는 날은 온전히 가족에게 집중해야 한다고 생각했다. 연말 직원 평가에서 최하위 점수를 받는다고 해도 어쩔 수 없는 일이다. 하나를 얻으려면 하나를 포기해야 하는 건 당연한 이치이니까. 그렇다고 해서 남편이 아내의 평가에서 최상의 점수를 받는다는 뜻은 아니다.

그런데 아내도 남편도 집을 벗어나지 못하고 부대껴야 하는 때가 왔다. 요리에 열정(!)을 가지고 있는 남편이 자연스럽게 끼니 담당으로 배정되었다. 그는 현재 전 세계 엄마들의 알코올 섭취의 주원인인 '돌아서면 밥'을 책임지고 있다. 나는 역병 이전에도 행정을 담당했지만 이후에도 행정을 담당하고 있다. 이탈리아 정부는 하루에도 수십 가지의 보조 정책을 발표하지만, 이 땅에는 그 내용을 확실하게 인지한 사람은 단 한 명도 없는 듯했다. 보조금을 주는 사람도 받아야 하는 사람도 정책 내용을 정확하게 몰랐다. 독일은 묻지도 따지지도 않고 통장에 척척 입금한다는데, 안타깝게도 여기는 이탈리아다. 이 일촉즉발의 상황에 묻고 따지다가 지쳐 나가떨어질 판이다. 돌이켜보면 이탈리아에서 일 처리가 매끄러웠던 적은 단 한 순간도 없었지만, 나는 이리 뛰고 저리 뛰고 물어물어 어떻게든 해결했다. 그런데 이리 뛰고 저리 뛰어도 결국 거실 한복판인 현 상황에서는 일 하나 처리하기 위해 메일을 보내고 전화를 걸고 노트북 앞에서 동동거리며 제자리 뛰기를 해야 한다. 집 대출금 상환 유예와 직장인 보조금 신청도 해야 하는데 회계사도 회사도 우왕좌왕이다.

'케세라세라, 어떻게든 되겠지'에서 '운 좋으면 받을 수 있겠지'로 생각이 바뀌자 조건이 되고 안 되고 상관없이 '준다는 건 다 신청해버리자'로 결론을 내렸다. 문제는 이런 결론을 낸 것이 나만이 아니라는 것이다. 결국 보조금 신청 사이트는 마비되고 중복 신청을 걸러낼 방법을 강구하지 못한 정부는 우선 모든 시스템을 정지시켜버렸다. TV 토론에 나온 패널들은 하나같이 '묻지도 따지지도 말고 우선은 줘라, 당장 굶어 죽게 생겼다. 라잇나우!'를 외치지만, 준 사람도 받은 사람도 찾기 어려운 현실이었다. 이런 거지 같은 상황에서 일 처리에 고군분투하던 아내의 분노가 결국은 남편에게 향했다. 다시 말해 남편에게 화풀이를 한다는 말이다.

"그동안은 당신이 일하느라 집에 없어서 내가 행정적인 모든 일을 다 담당했다지만, 지금은 둘 다 집에 있는데 왜 나만 해야 해? 아무리 돌아가는 상황을 모른다고 해도 최소한 알려고는 해야 하지 않아? 시늉은 해 달라고. 신경 좀 쓰라는 이야기야."

"당신은 일 처리, 난 식사. 암묵적으로 약속된 거 아니었어? 내가 그 일들을 처리한다 해도 당신이 만족하겠어? 결국은 당신이 해야 만족할 거잖아! 그리고 당신은 내가 요리할 때 신경 쓴 적 있어? 그냥 와서 먹기만 하잖아. 상 한 번 차린 적도 없고. 설거지도 다 내가 하잖아."

"그래? 그럼 이제 반반씩 요리해. 나도 할게. 대신 당신도 해. 알아? 지금 내가 진행하는 일들은 반드시 처리해야만 하잖아. 보조금 못 받고 대출금 상환 연기 신청 못 하면 우리가 얼마나 더 허리띠를 졸라매야 하는 줄 알아? 왜 나만 이런 무거운 책임을 져야 해? 뭔

소리인지 하나도 모르겠어. 제대로 하고 있는지 불안해서 미치겠어. 한국말로 적혀 있다고 해도 당최 뭔 뜻인지 알아먹기 어려운 내용들이라고. 이걸 번역기에 돌리고 사람들에게 묻고, 이걸 왜 나만 해야 하냐고!"

"알겠어. 나도 할게. 하지만 너도 최소한 먹을 수 있는 음식을 준비해야 해. 그리고 내가 한 일 처리에 대해 비난하지 마."

최소한 먹을 수 있는 음식을 준비하라니! 웃어버렸다. 1실점.

남편이 행정적인 일 처리를 내 맘에 들게는 못할 거라는 건 이미 알고 있었다. 결국은 내가 다 할 테지만 당장 일말의 죄책감이라도 느끼게 하고 싶었다. 요리는 둘 다 할 수 있는데 내가 안 하는 거고, 행정 업무는 나만 할 수 있기 때문에 생색내도 된다고 생각했다. 그런데 내가 행정 업무를 나만 할 수 있다고 여겼던 것처럼, 그 역시 요리는 자기만 할 수 있다고 믿고 있었다. 먹을 수 있는 요리를 하라니! 먹을 수 없는 요리를 먹고 자란 우리 두 아이에게 진지하게 엄마의 음식에 대한 생각을 들어봐야겠다. 예전에 옥수수 통조림에 생된장을 반찬으로 주었더니 이안이 "엄마 요리가 최고!"라고 했던 기억이 불현듯 떠오른다.

여. 하. 튼.

우린 각자가 가장 잘할 수 있는 일을 하고 있었다. 먹고사는 문제에서 그가 '먹고'를 담당한다면 나는 '사는'을 맡고 있었고, 이 둘은 동등한 무게를 가졌다. 다만, 난 나의 일이 더 가치 있다고 생각했고, 그가 하는 일의 가치를 깎아내렸다.

"나처럼 하는 남편 없어. 매 끼니 요리하고 애들이랑 종일 놀아주고."

"나처럼 하는 아내도 없어. 이 복잡한 행정 업무를 혼자 처리하는."

"알아. 당신 너무 대단해. 고마워. 항상 당신에게 고맙다고, 대단하다고 말하잖아. 그런데 당신은 언제나 내가 부족하다고 이야기하잖아. 이게 우리의 차이야."

그날 저녁, 우리는 노트북을 앞에 두고 나란히 앉았다. 머리를 맞댄 채 한국말로도 이해되지 않을 온갖 규정들을 번역기에 집어넣고 겨우겨우 해독했다. 여전히 동동거렸지만 둘이 함께 하니 머릿속이 좀 가벼워진 느낌이었다. 완성된 서류를 메일로 보내고 약속이라도 한 듯 동시에 말했다.

"당신, 고생했어."

고생의 평등을 실현하고서야 우린 서로의 역할에 진심으로 감사할 수 있었다. 부부의 세계는 열정이 아니라 기술로 지속됨을 다시 한 번 깨닫는다.

당신, 고생했어.

16

이탈리아의 새로운 인사법

　　　　아침에 눈을 떴는데 끝이 보이지 않는 이 시간들에 대한 답답함으로, 가라앉은 마음이 좀처럼 나아지지 않았다. 급기야 숨이 가빠져 테라스로 나갔다. 반대편 테라스에서 쓰레기 분리수거를 하던 남편이 농담을 던졌다.

"안녕하세요? 잘 지내시죠?"

참으려고 했는데 눈물이 왈칵 쏟아졌다. 나는 얼른 두 손으로 얼굴을 감싼 채 겨우 응수했다.

"어휴, 아니에요. 잘 못 지내는 것 같아요."

지금 주저앉아 울고 싶은 게 나만은 아니겠지. 누군가 우는 이유를 말하지 않아도 알 수 있는, 모두의 우는 이유가 닮아버린 슬픈 시대.

아이에게 물었다.

"우리 함께 나갈래?"

아이는 괴성을 지르며 곧장 방으로 들어갔다. 그러고는 한 달 넘게 입고 있던 실내복을 벗어 던지고 외출복으로 갈아입었다. 장갑과 마스크로 중무장을 시킨 뒤 "아무것도 만지지 마" 아이에게 신신당부를 했다.

아이와 집을 나섰다. 락다운 후 한 달 반 만에 1차 완화 정책이 발표됐다. 슈퍼, 약국에 더해 몇 가지 업종의 영업이 추가로 허가되었다. 서점과 유아복 판매점이 문을 열고, 가족 중 한 명으로 제한되었던 외출이 아이 한 명과 부모 한 명의 동반까지 가능해졌다. 한 달 반 만에 아이의 손을 잡고 집 밖을 나설 수 있게 된 것이다.

거리의 모든 사람이 마스크를 쓰고 있었다. 그중 절반은 장갑도 끼고 있었다. 하늘은 푸르고 바람은 부드러운 날이었다. 길을 건너는데 아이와 내 손이 자꾸만 부딪혔다. 아이가 엄마 손을 잡고 싶어 몇 번이나 내 손에 가져다대는 것이었다.

"이안, 손은 못 잡아."

"하지만… 손을 안 잡고 걸으면 난 자꾸만 외로운 기분이 드는걸."

결국 못 이긴 척 아이의 손을 잡았다.

"나오니까 참 좋다. 그렇지, 이안?"

"응, 나도 좋아. 사실 나… 세상이 잘 기억나지 않았거든."

아이는 마스크가 슬금슬금 코 아래로 내려가려고 하면 큰일이라도 난 것처럼 "엄마, 엄마" 하고 불렀다. 빵집에 줄을 서 있는데 돌아보니 빵집 옆에도 줄이 길었다. 아동용 신발 가게였다. 2주 뒤면 가족 외출과 산책도 가능해질 거라고 했다. 그런데 막상 나가려니 애들 신발이 죄다 작아진 것이었다. 그토록 기다리던 자유의 순간이 찾아왔는데 밖에 신고 나갈 맞는 신발이 없었다는 이 시대의 슬픈 동화, 아니 실화.

보름 뒤 정부는 2차 이동제한 완화를 발표했다. 레스토랑은 음식 포장 서비스를 시작했고 일반 상점들도 문을 열 준비를 했다. 지역 간 이동은 아직 불가능했지만 동네에서의 운동과 산책이 가능해졌다. 지인 방문은 어려워도 친지 방문은 가능했다. 두 달 만에 가족이 다 함께 집을 나섰다. 허공에 떠 있는 테라스가 아닌 땅을 밟고 걸으니 마치 첫 걸음마를 시작한 아이처럼 발바닥에 전해지는 감각이 낯설게 느껴졌다. 조금만 걸어도 숨이 찼다.

이안은 외출이 자유로워지면 가장 먼저 하고 싶었던 일이 있었다. 옆집에 사는 까만 강아지 코로와의 산책이다. 이안은 설레는 마음으로 옆집 문을 두드렸다. 해 질 녘 이웃과 함께 아파트 단지를 벗어나 가벼운 산책을 했다. 그럴 필요까진 없다고 하는데도 이도는 털장갑, 이안은 축구 골키퍼 손 보호대를 착용하고 집을 나섰다. 거리의 사람들이 두 아이를 보고 웃었다. 마스크로도 가릴 수 없는 환한 웃음이었다. 내가 어설프게 만든 유아용 마스크가 신기한지 이탈리아 사람들이 너도 나도 사진을 찍었다. 오랜만의 외출에 가뜩이나 신이 났는데 사람들의 관심이 쏠리자 아이들은 더욱 흥분했다. 우리는 강아지풀, 땅에 떨어진 분홍 꽃, 담장에 망울진 흰 꽃을 양손에 꼭 쥐고 집으로 돌아왔다.

이탈리아의 규제가 완화되면서 6월에는 아시아나 항공 직항도 재개된다고 했다(결국 재개되지 못했다. 이 글을 쓰고 있는 2021년 4월 현재까지도). 전세기 비용이 부담스러워 로마에 남은 가족 대다수가 결국 한국행을 마음먹은 듯했다. 이탈리아의 삶을 아예 접고 한국으로 돌아가는 이도 적지 않았다 그래서 더 우울했을지도 모르겠다. 남은 이도 떠나는 이도 슬픈 나날들이었다.

아이들이 가져온 꽃을 작은 찻잔에 꽂아두었다. 그 모습을 바라보던 남편이 말했다.

"몸도 마음도 많이 지쳤지만, 가족이 함께 산책도 할 수 있고 아이들이 길에 핀 꽃도 만질 수 있으니 그것만으로도 감사하지 않아?"

5월 5일, 제한 완화 2일 차. 밖에서 들리는 소란스러운 소리에 창밖을 내려다보았다. 집 앞 모퉁이에 있는 바가 문을 열었다.

"여보! 얘들아! 어서 준비해! 오늘 아침은 나가서 먹자!"

두 달간의 격리 동안 가장 그리웠던 건 사 먹는 에스프레소가 허락되는 아침이었다. 카페 입구에서부터 올라오는 에스프레소 향기만으로 심장이 쿵쾅거렸다. 외부 주문과 포장 그리고 일회용기만이 허락되었지만, 60일 만에 소리쳐 주문할 수 있는 에스프레소는 지난 시간을 보상해주기에 부족함이 없었다. 테라스에서 얼굴을 가리고 울던 때와 다른 이유로 울고 싶었다. 이 도시가 소란스럽게 다시 나아갈 준비를 하고 있구나. 출발을 직전에 둔 북적대는 마라톤 대열에 섞여 있는 기분이었다. 나를 위한 에스프레소, 남편을 위한 카푸치노를 주문하며 나는 두 달 전과 똑같이 외쳤다.

"카푸치노는 카카오 가루를 올려줘요. 돈은 남편이 낼 거예요."

잠시 후 남편이 빵집에서 설탕을 듬뿍 뿌린 페이스트리를 사 왔다. 아이들이 우리 곁에 와서 물었다.

"츄파춥스 하나 먹으면 안 돼요?"

"아침부터 무슨…. 아! 아니다. 오늘은 먹자. 어린이날이니까."

에스프레소 한 잔, 카푸치노 한 잔, 츄파춥스 두 개. 3유로에 우린 행복을 만끽했다. 설탕을 듬뿍 넣은 에스프레소가 목으로 넘어가는데, 그 맛이 마치 지금 우리가 처한 현실처럼 쓰고 달았다. 마스크를 쓰고 있어도 목소리만큼은 여전히 쩌렁쩌렁한 주인아저씨가 출근하는 동네 주민과 인사를 나눴다(아… 너무나도 정겨운 말이다, 출근). 팔꿈치로 툭, 발끝으로 톡, 너무나도 자연스러운 그들의 새로운 인사법에 웃음이 터졌다. 사진을 찍고 싶어 다시 한 번 인사를 부탁하니 멋지게 재연해주었다.

새로운 일상, 새로운 인사법. 세상이 이전과 다른 모습으로 움직이기 시작했다.

코로나 시대의 에스프레소

2020년 3월 6일 전국 휴교령

3월 8일 북부 11개 도시 레드존(휴교, 도시 간 이동 및 요식업 영업과 스포츠 활동 금지됨) 지정

3월 14일 전국 레드존 지정, 이동제한령 전국 확대, 외출 증명서 지참 시 가족 1인에 한해 슈퍼와 약국 방문을 위한 외출 가능

3월 17일 대한항공 전세기 수요 조사, 이탈리아 내 관광 목적 입국 금지

(3월 26일 우리 가족은 전세기를 포기하고 이탈리아에 남기로 결정)

3월 28일 이동제한 2주 연장 발표

4월 14일 이동제한 3주 연장 발표(단 아동복 매장과 서점은 영업 재개, 부모 1인이 자녀 1인과 동반 외출 가능)

4월 26일 이동제한 2단계 전환, 산책 운동 가능, 바와 레스토랑 영업 재개(단 포장만 가능)

5월 4일 친지 방문 가능

5월 18일 외출 증명서 소멸, 야외에서 지인 만남 가능, 바와 레스토랑 내부 영업 가능

5월 18일 기준 1일 확진자 451명, 1일 사망자 99명

이동제한 조치 이후 가장 낮은 수치였다. 1일 확진자 6,000여 명, 사망자 1,000여 명이었던 3월 중순과 비교하면 엄청난 변화였다. 우리도 이제 자유롭게 집을 나설 수 있었다.

불과 두 달 전만 해도 마스크를 착용했다는 이유로 아시아인에게 욕설을 퍼붓던 사람이 많았다. 그런데 이젠 마스크를 쓰지 않은 사람이 보이면 다들 불편한 시선을 보냈다. 거리를 걷는 이들의 반 이상이 장갑까지 착용하고 있다. 이동제한이 2주 간격으로 단계적으로 완화되었는데 이탈리아답게 에스프레소를 통해 그

단계를 느낄 수 있었다. 지난주만 해도 바 밖에서 큰 소리로 에스프레소를 주문했는데, 이번 월요일부터 가게 안에서 주문하고 마시는 것도 가능해졌다.

바 밖에서 바 안으로, 우리의 일상 반경이 예전과 조금 더 가까워졌다. 타인과 1미터 간격을 유지하며 아크릴 칸막이에 뚫린 작은 구멍으로 카푸치노를 받아 들고 한 모금 마시는데 울컥하고 목이 멨다. 카푸치노가 너무 맛있어서. 그런데 우리 앞에 가로놓인 저 투명 칸막이가 없던 때로는 되돌아갈 수 없을 것 같아서. 영영.

그래도 로마는 나를 쉬이 울게 내버려두지 않았다. 이탈리아 이웃들의 유쾌함이 마스크 필터를 뚫고 나왔다. 거리에서 만난 지인과 '힙하게' 팔꿈치 인사를 나누고 나니 막혀 있던 목구멍이 뻥 뚫리면서 수다가 터져 나왔다. 우리의 몸은 사회적 거리를 유지하며 서 있었지만, 목소리만큼은 서로의 마음에 곧장 가닿았다.

누구도 커피 마시는 것을 금지당해선 안 돼요.
가장 가난한 사람이라도요.
카페에 가서 커피 한 잔을 주문합니다.
커피를 마신 다음 두 잔 값을 계산하는 겁니다.

즉, 카페 소스페소를 남기면 누가 될지 모르는 타인이 마시게 되는 거죠.

이는 타인을 위하여 타인이 하는 대표적인 연대 행위입니다.

받는 사람은 누가 커피를 남겼는지 모르고 반대로 남기는 사람은 누가 받을지 모르죠.

'커피는 잔에 담긴 포옹이다'라는 말이 있죠.

커피를 나누는 과정을 통해 사람들과 어울리죠.

흔히 '커피 마시러 가자'라고 하거나 '커피 한잔하자'라고 하잖아요.

그렇다고 꼭 커피를 마셔야 하는 것은 아닙니다.

'같이 있자' '함께 시간을 보내자'는 의미니까요.

—다큐멘터리 〈카페 소스페소 Caffè Sospeso〉 중에서

나폴리에서 처음 시작된 카페 소스페소는 이를 다룬 다큐멘터리 부제인 'coffee for all'에서도 알 수 있듯이 커피를 통한 연대 행위다. 커피 한 잔을 주문하고 두 잔 값을 낸다. 한 잔은 내가 마시고, 나머지 한 잔은 커피값이 없는 가난한 이의 몫으로 남겨두는 것이다. 작지만 큰 울림을 주는 움직임이다.

3월부터 여행업은 마비됐다. 언제 재개될지 알 수 없다. 우리 가족의 수입원이 사라졌다는 의미이기도 하다. 모든 소비를 줄여야 했다. 그러나 커피 한 잔만큼은 포기하지 않아도 됐다. 저렴한 가격 때문이다. 15년 전 처음 로마에 도착해서 마신 에스프레소와 오늘 마신 에스프레소의 값이 똑같다. 80센트에서 1유로. 한국 돈으로 900원에서 1,300원 사이다. 1,000원 남짓의 돈으로 에스프레소 한 잔을 마시고 '같이 있자'는 마음도 채울 수 있다.

이렇게 저렴한 커피 가격은 그 누구도 커피를 금지당하지 않을 권리를 위함이기도 하다. 이 어려운 시기에도 나 자신에게 커피를 선사해도, 누군가를 위해 한 잔을 남겨두어도 부담스럽지 않다. 삶은 여전히 불안하고, 보조금 지급 등 우리 앞에 쌓인 숱한 문제에 긴 한숨이 나오지만, 그래도 지금 이 순간만큼은 작은 잔에 담긴 에스프레소에 큰 위안을 얻는다.

카페 소스페소는 이탈리아가 가장 가난했던 1930년대에 시작되었다. 2차 세계대전 이후 가장 힘든 시기를 보내며 그 전통이 '스페자 소스페자Spesa Sospesa'라는 새로운 나눔으로 이어졌다. 스페자 소스페자는 슈퍼마켓에서 장을 보고 장 본 물품을 남겨두는 것이다. 파스타 면이나 토마토소스 등 이탈리아의 필수 식재료들을 두 개씩 구입해 하나는 어려운 이를 위해 슈퍼에 비치된 바구니에 놓아둔다.

파나로Panaro 역시 코로나 시대에 새로운 모습으로 등 장했다. 파나로는 줄에 매달아 창문 밖으로 길게 늘어 놓는 바구니다. 이탈리아 남부에선 파나로를 통해 물 건이나 음식을 전달하는데, 이 바구니가 코로나 시대 에 위로의 역할도 하고 있다. 나폴리의 한 골목길 창문 에 늘어뜨려진 바구니에 이렇게 적혀 있었다.

Chi può metta.

Chi non può prenda.

가능하다면 담아주세요.

힘들다면 (여기 담겨 있는 것을) 가져가세요.

우리는 모두 저마다의 불안과 불만을 품고 하루를 살고 있다. 그러나 나는 이 어둠에 매몰되지 않기 위해 이웃의 따뜻한 유머에 귀를 열고 다른 사람을 위해 에스프레소 한 잔을 남겨줄 수 있는 여유를 가지려고 한다. 이탈리아어 'amaro'는 '쓰다'는 뜻이지만 '향이 짙다'는 의미로도 사용된다.

나와 당신 사이 1미터의 거리가 대화의 자유를 방해할 수 없고 마스크가 입을 가릴 순 있어도 내 말을 가리지 못하듯 지금 우리 삶에 드리워진 그늘이 언젠가 우리의 하루를 환하게 밝힐 빛의 시작은 아닐까. 향이 짙은 에스프레소를 마시며 생각한다.

18

관광객이 사라진 로마에
로마인이 등장했다

2020년 6월 1일은 코로나19로 폐쇄된 바티
칸 박물관이 재개장하는 날이었다(2021년 9월 현재 이탈
리아의 모든 박물관은 관람 인원을 제한하고 예약제로만 운
영되고 있다). 우리는 예약한 시간보다 일찍 집을 나섰
다. 오랜만에 로마 시내를 둘러보기 위해서였다.

로마는 유적이 밀집된 역사지구centro storico 쪽으로는
대중교통, 거주자 및 관공서 차량을 제외한 외부 차량
은 진입이 불가능했다. 교통체증을 방지하고 차량이
만들어내는 진동으로부터 유적들을 보호하기 위함이
다. 그러나 6월 이후 모든 차량의 진입을 허가하고 있
다. 코로나19로 대중교통의 탑승 가능 인원이 줄었고,

대중교통 이용을 권장하지 않기 때문이다.

로마의 중심지로 미끄러지듯 차가 들어섰다. 차량 제한을 풀었음에도 도로는 한산했다. 대신 자전거와 킥보드를 타는 사람들이 크게 늘었다. 휴교 때문인지 가족 단위로 자전거를 타는 사람들이 많았다. 연일 관광객으로 미어터지던 이곳에서 자전거를 탄다는 건 위험천만한 일이었다. 그러나 텅 빈 로마는 마치 자전거로 가족 여행 하기 최적인 도시처럼 보였다. 로마에서 살면서 우리가 당연히 포기했던, 차마 꿈꾸지 못한 일상이었다. 이동제한 조치 이후 도심에 야생동물들이 등장했다더니, 코로나가 휩쓸고 간 로마에 진짜 로마인들이 등장한 것이다.

요즘 이탈리아 정부는 자전거 및 전동 킥보드 사용을 적극 권장하고 있다. 인구가 5만 명 이상인 도시 열네 곳에 거주하는 18세 이상의 성인에겐 최대 500유로까지 지원해주는 정책이 5월 4일부터 시행되었다. 이탈리아 역시 대도시는 미세먼지와 대기오염 문제가 심각하다. 지속적으로 논의되어온 자전거 정책이 코로나 사태를 겪으며 본격적으로 시행되었다. 로마에 이전에 없던 길이 생겨나고 있었다. 사람들이 집에 머무는 동안 로마의 도로에 노란색 자전거 도로 라인이 그어졌다. 새것임이 티 나는 자전거 신호등, 긴 칩거 끝에 거리로 나와 자전거와 킥보드를 타고 달리는 로마 사람들… 이 모든 게 낯설다. 그러나 우리 눈에 익숙하지 않아 생소할 뿐 고대를 품은 이 도시와는 너무나도 잘 어울리는 풍경이다. 로마에선 절대 볼 수 없으리라 생각했던, 한적하고 여유로운 한낮 로마의 거리가 우리 눈앞에 펼쳐져 있었다. 지난 두 달간 모든 것이 멈췄다고 생각했는데 어디에선가는 끊임없이 움직이고 있었다.

어쩌면 지금이야말로 로마인이 로마를 온전히 누릴 수 있는 최적의 시기가 아닐까? 그래서일까? 여전히 현실적인 문제들이 우리 삶을 짓누르고 있지만, 거리를 오가는 이들의 얼굴엔 환한 미소가 흐른다. 로마 시내 곳곳을 아이들과 누비고 다녀도 전혀 피곤하지 않다. 관광객으로 인산인해를 이루던 카페, 젤라테리아 그 어디에서도 줄을 설 필요가 없었다. 심지어 아이들은 가게 안에서 뛰어다니기까지 했다.

그러나 한적함을 넘어 적막해 보이는 풍경에 마음이

한구석이 씁쓸한 것도 사실이었다. 솔직히 이 정도까지 고요할지는 몰랐다. 로마에서 확진자가 가장 적은 지역이 로마 중심지라더니 눈으로 보니 이해가 됐다. 돌아다니는 사람이 없으니 확진자도 적을 수밖에. 아이들이 고른 젤라토값을 계산하며 직원과 짧은 대화를 나누었다.

"어떡해요. 이렇게까지 사람들이 없을 줄은 몰랐어요. 줄을 서지 않고 주문할 수 있다니⋯. 여기에서 가능하기나 했어요? 대체 다들 어떻게 버티고 있는 거예요⋯."

직원은 마스크 너머로 옅은 미소를 지으며 걱정하는 나를 도리어 위로했다.

"Piano, piano(천천히, 천천히)."

이탈리아는 오랫동안 변하지 않았다. 변화를 싫어해서라기보다 굳이 변화의 필요성을 느끼지 못했다는 말이 더 맞겠다. 하지만 모든 것이 멈춤으로 변화가 시작되기도 한다. 두 달 넘게 외출과 이동이 제한되자 사람들은 변하지 않으면 살아남을 수 없다는 것을 깨달았다. 직접 피자 가게에 전화를 걸어 포장주문을 하던 사

람들이 하나둘 배달앱에 접속했다. 피자뿐 아니라 초
밥, 심지어 젤라토까지 배달이 가능해졌다. 적막한 로
마 거리에 배달 자전거들이 쉼 없이 달리기 시작했다.
관공서나 박물관도 예약제로 바뀌면서 온라인 예약 시
스템이 빠른 속도로 자리 잡아갔다. 일부만 이용하던
온라인 쇼핑 문화도 급속도로 퍼져나갔다. 오랜 격리
를 마치고 거리로 나오자 로마는 자전거 출퇴근과 온라
인 문화가 당연한 도시가 되어 있었다.

　시내를 둘러보고 찾은 바티칸 박물관은 고요했다.
웅장한 전시관에 우리 가족만 있었다. 한국행 전세기
를 타지 않은 덕에 박물관을 전세 냈다며 남편과 웃었
다. 수많은 관람객에게 휩쓸리고 떠밀리던 복도는 텅
비어 있었다. 복도 한가운데에 이안이 털썩 주저앉았
다. 이안은 마음에 드는 무언가를 발견한 듯 가방에서
노트를 꺼내더니 아예 바닥에 엎드려 본격적으로 그림
을 그리기 시작했다. 그렇게 한참이 지났다.
　코로나로 인해 바티칸 박물관은 마음에 드는 조각을
하염없이 바라봐도 되는, 가슴을 울리는 그림 앞에서
주저앉아도 되는 곳이 되었다. '신'이라 불리던 수많은 거장의 작품들 중 아이가 선택한 건 진짜 신이 창조한 작품이었다. 창문으로 들어온 햇살이 굴절되어 만든 무지개. 자신의 손 위로 비치는 무지개를 흰 종이에 담고 있는 아이를 바라보고 있으니 우리의 마음에도 무지개가 떠오르는 것 같았다. 간간이 지나가는 사람들이 아이의 그림에 발걸음을 멈추고 한참을 바라보았다. 그리고 곁에 서 있던 우리와 눈이 마주치면 마스크 너머로 미소 지으며 엄지손가락을 들어 보였다.

팬데믹이 휩쓸고 간 자리에 이탈리아를 온전히 즐길 수 있는 시간이 무지개처럼 깃들다니. 이 기적 같은 순간을 최선을 다해 후회 없이 제대로 즐겨주겠다고 다짐했다.

6월 3일, 거주지 외 지역 간 이동이 가능해지자마자 우리는 이탈리아 남부의 지중해 마을 아말피로 달려갔다(지금 이 글도 아말피에서 쓰고 있다). 예년 같으면 발 디딜 곳 없이 복잡했을 이곳을 마을 사람들만이 채우고 있다. 후진 남부라고 북부 사람들은 손가락질했지만, 실제로 경험한 남부 지역은 로마보다 더 철저히 사회적 거리를 두고 있었다(확진자는 북쪽의 90분의 1 수준이다). 아말피의 모든 식당은 입장 전 열 체크를 하고 있으며(심지어 해변에서도!), 메뉴판은 QR코드로 준비되어 있다(식당 영업이 재개되면서 이탈리아는 종이 메뉴판을 금지하고 있다).

QR코드를 찍으면 메뉴판이 뜨는 단순한 기술에 뭘 그리 놀라느냐고 할지도 모르겠다. 하지만 아말피는 '유명 관광지'라는 타이틀을 빼면 해안 절벽에 자리한 고립된 시골 마을일 뿐이다. 현재 우리를 제외하면 관광객은 전혀 찾아볼 수 없는데도 감염 방지를 위해 이런 준비를 하는 거다. 눈물겹게. 다시는 이 마을에 비극이 잠식하지 못하도록. 이는 관광 재개를 위한 의지일 수도 있지만 이탈리아 북쪽에 비해 상대적으로 고립되고 의료적으로 낙후되어 있기에 스스로와 가족들을 지키려는 이유가 더 크다. 6월 3일 기준, 나폴리와 아말피가 속해 있는 캄파니아주의 신규 확진자는 한 명이었다.

아말피에서 3대째 레몬 농장을 운영하고 있는 살바토레는 "Andrà tutto bene, Tutto passerà(모두 다 괜찮아질 거야, 다 지나가)"라고 말하며 눈물을 글썽였다. 10년을 넘게 알고 지내면서 처음 본 그의 모습이었다. "울지 말아요." 나의 목소리도 떨렸다.

우리는 이 멋진 계절에 이 멋진 마을을 전세 낸 듯 누렸다. 지중해 마을의 풍경이 너무나도 아름다워서 슬펐다. 아무리 절망적인 상황이라도 아이들 손에 한 가득 레몬 사탕을 안겨주고 넘치도록 젤라토를 담아주는 이들에게 우리의 방문이 작은 응원이 될 수 있기를 바랐다. 단 1유로도 아쉬운 상황이지만 무리를 해서라도 오길 정말 잘했다고 생각했다. 우리의 방문을 마치 작은 희망처럼 여겨주는 아말피 사람들 덕분에 오히려 우리가 따뜻해졌다. 아말피에서 비엔비를 운영하는 친구는 어차피 예약이 하나도 없으니 언제든 와서 쉬어가라며 한사코 숙박료를 받지 않았다. 그들도 힘들면서 그냥 아무런 부담 없이 쉬면서 즐겁게 지내고 가라는 그들의 말이 우리를 어루만졌다.

이 마을이 관광객으로 북적이는 날, 남편의 일도 다시 시작될 것이다. 아말피 사람들을 응원하는 마음은 결국 우리 스스로를 응원하는 일에 다름 아니다. 그렇게 우리는 연결되어 있다. 비록 두 손을 마주 잡을 수도, 안을 수도, 양 볼에 입 맞출 수도 없었지만, 우린 우리가 전할 수 있는 가장 따뜻한 언어로 응원을 보내며 마음으로 깊이 포옹했다.

19

우리는 함께 내일로 갈 거야

　　　　로마 근교의 한 해변으로 향하던 길에서 남편과 싸웠다. 요즘 들어 하루에 한 번은 기분이 상할 만큼 심한 말다툼을 한다. 이런 자잘한 갈등이 시작된 것은 5월부터다. 3월, 코로나19로 이탈리아가 봉쇄되고 첫 두 달은 남편도 나도 나름 잘 버텼다. 여름이 오면 다시 일상으로 돌아갈 수 있을 거라고 생각했으니까. 그러나 우린 돌아가지 못했다.

　무방비로 맞닥뜨린 낯선 일상에서 제일 먼저 피부에 와닿은 것은 돈 문제였다. 우리가 가장 먼저 한 일은 한 달 생활비를 계산해 지금 가진 돈으로 언제까지 버틸 수 있을지 가늠하는 것이었다. 팬데믹 이전에는 사고 싶을 때 사고, 먹고 싶을 때 먹고, 떠나고 싶을 때 떠났다. 이제 우리는 사고 싶은 것에서 눈을 돌리고, 먹고 싶은 것은 참고, 떠날 수 없는 하루하루를 살아야 했다. 우리의 삶은 한순간에 뿌연 안개 속에 갇히고 말 았다.

나는 매일 남편에게 지금 우리가 가진 돈이 얼마이 며, 앞으로 얼마를 아껴야 하는지를 이야기했다. 남편 은 내 말에, 돈을 벌지 못하는 자신에게 눈치를 주려는 의도가 담겨 있다고 여겼다. 말의 씨앗이 상대의 마음 에 도착하기도 전에, 담기지 않은 의도가 먼저 날아가 스스로 싹을 틔웠다. 말을 한 당사자는 답답하고 억울 했지만, 상대방은 내게 그리 들렸으니 넌 상처를 준 것 이라 주장했다.

매일, 같은 싸움이 반복됐다. 우리의 일상을 돈이 지 배해가고 있었다. 돈이 삶을 지배하는 이유는 돈이 없 어서다. 지난 반년 동안 남편의 경제활동은 완전히 멈 추었고, 언제 재개될지도 미지수다. 모아둔 돈으로 언 제까지 버틸 수 있을까. 얼마나 더 아껴야 할까. 그렇 게 불안은 차곡차곡 쌓이다가 결국 9월이 오면서 현실 로 나타났다. 개학과 함께 두 아이의 학비로 목돈이 필요했다. 그사이 부쩍 자란 아이들의 교복과 원복도 새로 사야 했다. 온종일 돈, 돈 하며 아등바등하는 내게 남편이 말했다.

"세상엔 돈보다 중요한 게 더 많아. 돈이 많다고 행복한 건 아니잖아. 넌 IMF 때의 트라우마 때문에 돈이 없는 상황을 지나치게 두려워해. 돈이 없어도 행복할 수 있어."

고등학생 때 IMF가 닥쳤고 아빠의 사업이 망했다. 그때 엄마 아빠도 내 교복비를 마련하느라 무척 속상했겠구나 하는 생각이 들었다. 그때의 나는 아무것도 몰랐다. 마흔을 코앞에 두고 이제야 부모의 마음을 헤아리다니.

"그렇지. 돈보다 더 중요한 가치야 많지. 그런데 그건 기본적으로 돈 걱정이 없다는 전제하에서 아냐? 돈이 없어도 행복할 수 있다고? 돈이 많아도 불행한 사람이 많다고? 과연 돈이 많아서 불행한 사람이 돈이 없어서 불행한 사람보다 많을까? 정말 돈 한 푼 없이 행복할 수 있다고 생각하는 거야? 지금까지 살면서 돈 문제로 걱정해보지 않았다면 부모님께 감사해야 해. 그건 당신 곁에 돈을 벌고 있는 사람이 항상 있었다는 뜻이니까."

부모님의 돈 문제에서 오빠와 나도 자유로울 수 없었고, 결국은 가족 모두의 일상이 무너졌다.

"내가 진짜 두려운 건 우리한테 돈이 없어서가 아니야. 이 상황이 지속되다가 결국 우리 아이들마저 돈을 최우선으로 여길까 봐, 그게 두려운 거야. 돈보다 더 중요한 것 많지. 누가 몰라? 하지만 그 외의 가치를 생각할 수 없을 만큼 돈 없는 불안이 너무 큰 거야. 이것 봐 우리 매일 싸우잖아. 돈 문제로."

"돈을 벌 때는 안 싸웠어? 그때도 싸웠어. 돈이 있고 없고는 상관없어."

'돈이 있을 땐 여러 가지 이유로 싸웠지. 지금은 그 이유가 돈뿐이잖아. 난 돈 문제를 뺀 다양한 이유로 싸우던 때로 돌아가고 싶어'라고 말하려다 입을 다물었다. 그렇게 해결점을 찾지 못하는 다툼이 꼬리에 꼬리를 무는 날들이 이어졌다. 삶은 매일같이 어려운 문제를 내는데, 아무리 계산해도 정답은 나오지 않았다.

그래서 기분 전환이나 하자고 큰맘 먹고 나섰는데…
또다시 다투게 된 것이다. 난 돈 이야기를 불편해하지 말아야 한다고, 어떻게 돈을 벌고 아껴야 하는지 그런

대화가 일상이 되어야 한다고 말했다. 그는 그 말이 자신을 몰아치는 것처럼 들린다고 했다. 결국 서로에게 조금만 더 조심하자고, 미안하다는 말로 대화를 마무리했다.

싸움은 끝났지만 차에서 내려 해변으로 걸어가는 동안 우린 아무 말도 하지 않았다. 서로의 마음에 자리한 서운함이 완전히 가신 것은 아니었다. 멀리 바다가 보였지만 내 눈에는 바닥만 보였다.

우리가 도착한 해변은 로마에서 차로 40분 떨어진 프레제네라는 곳이었다. 프레제네엔 이탈리아에서 가장 멋진 해변 바bar가 있다. 이곳을 알게 된 것은 둘째가 태어나고 맞이한 첫 여름의 어느 날이었다.

로마와 사뭇 다른, 마치 그리스의 작은 마을을 연상케 하는 골목으로 접어들어 그 끝까지 걸어가면 압도적인 해변이 펼쳐진다. 백사장에 자리한 바에선 어깨를 들썩이게 하는 노래가 울려 퍼지고, 바다 위 하늘에는 윈드 보드들이 날아다닌다. 해변의 사람들은 누구 하나 심각한 얼굴 없이 웃으며 그 순간을 만끽한다. 'miracle beach'라는 이름처럼 이곳의 시간은 언제나 기적처럼 반짝인다.

절정인 순간은 해 질 녘이다. 내가 아는 한 세상에서 가장 아름다운 노을을 볼 수 있는 곳이다. 태양이 바다로 빨려 들어가는 순간 사람들은 일제히 같은 데를 응시한다. 나는 태양이 바다와 만나며 만드는 석양이 너무 좋았다. 모두의 얼굴이 붉게 물들고 바에서 일하는 직원들은 어깨동무를 한다. 해가 완전히 사라지면 터번을 두른 한 사내가 높은 곳에 올라 징을 울린다. 사람들은 박수를 치거나 키스를 하거나 꼭 끌어안는다. 홀로 온 이는 오래도록 바다를 바라보며 사색에 잠긴다.

우리는 이 바다를 처음 만난 날 사랑에 빠졌다. 그래서 해마다 여름이면 시간이 날 때마다 이곳으로 달려왔다. 아이들은 각자 원하는 아이스크림을 고르고 손에 감자칩 하나씩을 들고 모래밭에 뒹굴었다. 술을 못 하는 남편은 논알코올 칵테일을, 나는 상큼한 맛의 칵테일을 마시며 아이들이 노는 모습을 하염없이 바라보았다. 그 순간만큼은 세상에서 가장 행복한 우리가 되었다.

그런데 올여름은 달랐다. '그럴 돈이 있으면…' 하는 생각이 먼저 들었다.

처음 이 해변에 왔을 때 고등학교를 갓 졸업한 듯한 청년 넷을 보았다. 그들은 음악이 잘 들리는 바 옆에 자리를 잡더니 어깨에 걸치고 있던 수건을 깔았다. 한 명이 백팩을 가슴 쪽으로 돌려 지퍼를 열자 맥주 네 병이 나왔다. 다른 친구가 잽싸게 파스타가 담긴 밀폐용기를 꺼냈다. 집에서 만들어 온 듯했다. 아마도 그들의 가벼운 주머니 사정으로는 바에서 음식을 사 먹기가 부담스러웠으리라.

네 청년은 낡은 비치타월 위에 누워 해변 바에서 DJ가 틀어주는 음악을 들으며 너무나도 자연스럽게 여름을 즐겼다. 뭐가 그리 웃기는지 가끔씩 몸을 들썩이며 웃기도 했다. 내 눈에는 그 모습이 가슴 시리도록 아름답고 풋풋해 보였다. 우린 어떤 순간에도 낭만을 포기하지 않아. 지금 우리가 할 수 있는 최선을 다해 이 여름을 즐기고 있어. 마치 그렇게 말하는 것 같았다.

며칠 전부터 속절없이 이 해변이 그리웠다. 돈 걱정은 접고 무작정 떠났다. 그래서 그날의 청년들처럼 슈퍼에서 산 맥주와 피자, 집에서 잘라 온 수박을 꺼냈다. 해변 바는 사람들로 북적였지만, 우리가 자리 잡은 해변은 해수욕을 즐기던 인파가 모두 떠나고 텅 비어 있었다. 멀리 바에서 노래가 들려왔다. 아이들이 붉은 노을에 물들어가며 파도와 춤을 췄다. 모든 게 아름답고 찬란했다.

어떤 순간에도 여름을, 낭만을, 행복을 포기하지 않아. 부모가 당장 눈앞의 불안에 마음이 흔들려도 아이들은 상관하지 않는다. 아이스크림을 사줄 수 없어 마음이 아픈 것은 부모일 뿐, 아이들은 아이스크림을 먹지 못해 아쉬운 마음 따위 금세 잊고 바다로 첨벙첨벙 뛰어들었다. 어쩌면 잠시 머물다 사라지는 입 안의 달콤함보다 온몸을 휘감는 바닷바람이 저 아이들에겐 더 좋을지도 모르겠다.

어느덧 해가 수평선과 만나자 흥겹던 노래가 멈추고 이탈리아 가수 아리사Arisa의 〈La Notte밤〉가 흘러나왔다.

La vita può allontanarci l'amore continuerà
L'amore può allontanarci la vita poi continuerà
삶이 우리에게서 멀어질 순 있어도 사랑은 계속되리라
사랑이 우리에게서 멀어질 순 있어도 삶은 계속되리라

어떠한 순간에도 삶은, 사랑은 계속되어야만 한다.
이탈리아 바닷가 마을, 페르모Fermo의 한 고등학교에서
내준 여름방학 숙제를 떠올려본다.

빛나는 햇빛 속이나 뜨거운 여름밤에
네 삶이 어떻게 될 수 있는지,
어떻게 되어야 하는지 꿈꾸어보아라.
여름에는 포기하지 않기 위해서,
꿈을 좇기 위해서 네가 할 수 있는 일을 다 하라.

말없이 숨을 쉬어라.

눈을 감고 감사함을 느껴라.
슬프거나 겁이 나더라도 걱정하지 마라.
여름은 영혼을 혼란스럽게 할 수 있다.

너의 느낌을 이야기하는 방법으로 일기를 써봐라.
햇빛이 물에 반사되는 것을 보고
네가 인생에서 가장 사랑하는 것들을 생각하라.

행복해져라.

　남편과 나는 이미 조금 전의 언쟁은 잊었다. 태양이 사라지자 서운함도 사라졌다. 불안은 여전히 우리 옆에 있지만, 붉게 물든 바다를 보며 이 여름엔 포기하지 말자고, 최선을 다하자고, 행복하자고 다짐했다.

　금세 어둠이 몰려오고 바람이 쌀쌀해져 차를 세워둔 곳으로 걸었다. 좁은 골목은 식당들에서 풍겨 나오는 음식 냄새로 가득했다. 예전 같으면 근사한 곳에 들어가 자리를 잡고 저녁을 먹었겠지만, 우린 아무 말 없이 차를 향해 걸었다.

　이안이 말했다.

　"우리 저기서 밥 먹고 가자. 냄새가 너무 좋아."

　"다음에. 다시 우리 돈 벌면 와서 많이 먹자."

　"응, 알겠어. 그런데 엄마?"

　"응?"

　"오늘은 정말 최고로 행복한 날이었어. 너무 좋았다, 그치?"

　나는 이안에게 물었다.

　"더 좋은 날이 올까?"

"아니, 안 와. 오늘이 세상에서 제일 좋은 날이거든. 그런데… 내일이 오면 또 오늘이 돼."

나는 어제의 행복을 자꾸 그리워하는 일 따윈 그만두기로 한다. 그건 오늘의 불행을 더 크게 만드는 일일 뿐이니까. 안녕, 어제의 행복. 새로운 오늘이 될 내일이 세상에서 가장 좋은 날일 테니까. 나는 두 아이의 손을 잡고 나란히 걸으며 작게 중얼거렸다.

"우리는 함께 내일로 갈 거야."

20

중요한 건
아름답게 나는 것

아무리 생각해도 신기한 일이다. 이안은 유독 시간에 관련된 개념을 이해하지 못한다.

"이안, 벌써 9월이야. 이제 완전 가을이네…."

"가을? 그러면 이제 크리스마스야?"

"봄 다음이 뭘까?"

"음… 일요일?"

일주일, 한 달, 1년이 아이의 머릿속에선 좀처럼 정리가 되지 않나 보다. 이걸 왜 모르지? 속이 터져 아이에게 역정을 낸 게 몇 번인지 모르겠다. 이제는 그냥 그러려니 한다. 때 되면 알겠지. 그래도 한 번씩 이런 기막힌 대답을 들으면 욱하고 만다.

하루는 친한 언니에게 아이의 흉을 봤다.

"아니, 무슨 애가 시간 개념이 전혀 없어요. 일주일이고 한 달이고 죄다 뒤섞여서… 내일이 며칠인지 지금이 무슨 계절인지 전혀 몰라요."

언니는 이해할 수 없다는 표정을 지었다.

"그게 왜? 당연한 거 아냐? 이안이 몇 살이야? 고작 일곱 살이잖아. 일곱 살짜리가 '엄마, 오늘 금요일이죠? 하… 일주일도 다 갔네' 그러면 이상하잖아. '벌써 10월이에요? 참… 올해도 다 지나갔네요' 그러면 이상하잖아. '엄마, 벌써 연말입니다. 2020년이 어찌 갔나 싶어요.' 일곱 살이 그러면 이상한 거잖아. 어른들이나 시간이 빨리 가는 게 아쉽고 지나간 시간이 안타깝고 그런 거지. 넌 일곱 살에 그런 생각 했어? 아이들은 마냥 오늘이 좋고 중요하고 시간 가는 게 상관없고, 그런 거지."

이안은 세 살 때 모든 과거를 '어제'라고 불렀다. 어제도 어제, 일주일 전도 어제, 한 달 전도 어제였다. 마치 지나간 모든 날이 어제처럼 생생한 듯 얘기했다. 둘째 이도는 모든 미래를 '내일'이라고 말한다. 한 시간 뒤도 내일, 내일도 내일, 일주일 후도 내일이다. 이도에겐 오늘과 내일만 존재하는 것 같다.

아이들이 유독 시간개념에 약한 것은 '어제와 오늘 그리고 내일' 이외의 시간은 고려치 않아서일지도 모르겠다. 과거를 후회하지 않고, 오늘에 최선을 다하고, 내일 너머의 미래까지 하고 싶은 것을 미루지 않는다. 아이들은 철저히 지금을 산다. 조만간, 언젠가는, 몇 년 뒤에, 돈 벌면, 안정되면, 시간이 나면… 우리가 좋아하는 무언가를 하기 전에 늘 앞세우는 그 말들이 아이들에겐 없다. 시간 감각이 없으니 두려움도 없다.

사람은 죽음을 알게 되는 순간 죽어가기 시작한다는 말이 있다. 시간의 흐름을 알게 되는 순간부터 삶에 끝이 생긴다는 의미일 것이다. 생에 끝이 존재한다는 사실을 자각하는 순간, 그때부터 시간은 흐른다. 그리고 시간이 만드는 부산물들, 이를테면 불안이나 조바심 같은 감정들도 삶에 침투한다. 내 시간이 보이니 타인의 시간에도 신경을 쓰기 시작한다. 하지만 이안에게는 시간이 없다. 어제와 오늘과 내일만 있을 뿐. 그러니 온전히 자신의 시간을 살고 있다.

이안의 초등학교 입학식 날, 교장선생님은 이탈리아

화가 안드레아 델 베로키오의 그림을 보여주었다. 구약성경 토빗기의 이야기로, 눈먼 아버지를 대신해 길을 떠난 토비야에게 라파엘 대천사가 나타나 길을 알려주는 장면을 그린 작품이었다. 그림 속 소년은 천사의 팔을 살짝 잡고 있고, 천사는 조용히 소년을 인도한다. 둘이 걷고 있는 땅은 자갈로 가득하다.

"여러분, 그림을 보세요. 천사는 소년을 밀지도 끌어당기지도 않습니다. 같이 걸어갑니다. 아래를 보세요. 자갈밭입니다. 천사는 돌을 치워주지 않았습니다. 아이들에게 돌을 만나게 해주어야 합니다. 아이들이 직접 대면하게 해야 합니다. 그들이 배우면서 자라도록 내버려두어야 합니다. 오늘의 돌이 내일의 산이 될 수도 있으니까요. 우리 아이들은 등반할 준비가 되어 있어야 합니다."

교장선생님의 이야기가 끝나자 종교와 공연을 담당하는 줄리아 선생님이 말했다.

"여러분, 제발 부탁드립니다. 아이들의 어려움을 치워주지 마세요. 열일곱 살 정도가 되면 사춘기가 옵니다. 문제가 닥치면 포기하고 외면합니다. 그런 아이들에게 부모들은 실망하죠. 하지만 부모의 잘못입니다.

아이들의 돌을 빼앗아버렸기 때문입니다. 아이들은 스스로 어려움을 대면하고 올바른 질문을 하고 자신에게 맞는 답을 찾는 법을 배운 적이 없습니다. 아무도 삶의 방식을 보여준 적이 없습니다. 나 자신을 깊게 들여다보고 생각해야지만 성장할 수 있습니다. 나를 알지 못한다면 다른 사람도 알 수 없습니다. 우린 삶이라는 여행을 통해 우리 자신을 알아가야 합니다. 질문은 중요합니다. 질문은 언제나 우리를 삶에 더욱 깊이 들어서도록 합니다. 위기는 아이들을 성장시킵니다. 어려움과 함께 머무는 법을 알아야 합니다. 아이들의 자갈을 빼앗으면 안 됩니다. 제발, 돌을 치워주지 마세요."

언젠가 이안이 아빠와 함께 종이비행기를 날리던 날이었다. 욕심이 앞선 이안의 손목에는 자꾸 힘이 들어갔고, 종이비행기는 번번이 땅바닥에 곤두박질쳤다. 다른 아이들의 비행기가 저 멀리 날아가는 모습을 보던 아이는 끝내 울음을 터뜨렸다. 우는 아이를 달래며 남편이 말했다.

"이안, 멀리, 빨리 나는 게 중요한 게 아니야. 중요한 건 아름답게 나는 거야."

자갈밭. 코로나19라는 자갈밭을 걸으며 우린 어려움을 대면하며 올바른 질문을 하고 있는 것일까? 안개가 낀 듯 앞이 불투명하고 제대로 길을 찾고 있는지 불안감을 떨칠 수 없는 이 길 위에서 잠시 멈춰 눈을 감고 그 누구의 시간도 아닌 나의 시간과 속도와 방향에 대해 오래 공들여 생각하기 시작했다.

고요한 가운데 목소리가 들렸다.

이 순간을 손꼽아 기다리고 있었어. 축하해. 이제야 드디어 너의 시간을 마주하게 되었네.

그 목소리는 분명 나였다. 저 깊은 내면 속에서 들려오는 나의 목소리를 더욱 선명하게 듣기 위해 집중했다.

코로나19는 지금 누구나 겪고 있는 일이잖아. 바꿀 수도 없고 바뀔 수도 없는 사실이야. 그런데 어쩌면 지금이야말로 우리가 우리의 시간과 속도로 살 수 있는 순간이 아닐까? 우리가 등반할 준비가 되었음을 믿어보자. 어려움과 함께 머물 용기가 있음을 믿어야 해. 자, 그럼 네가 지금 하고 싶은 것은 뭐야? 후회도 두려움도 없이 지금 당장 하고 싶은 게 뭐지? 멀리, 빨리 날기 위해서가 아니라 아름답게 날기 위해 지금 네가 도전하고 싶은 것이 뭐야?

21

무모한 도전을
시작합니다

이탈리아 전역에 이동제한령이 떨어지고 외출이 금지된 지 일주일이 지난 어느 오후. 넷플릭스에서 영화 〈줄리 & 줄리아〉를 보았다.

줄리 & 줄리아 프로젝트
얼마나 갈진 아무도 모름
무모한 미션을 시작합니다

두 여성의 도전을 한시도 눈을 떼지 못하고 지켜보았다. 무릎을 세워 꼭 껴안은 채 영화에 몰입한 나머지 나중에는 몸이 뜨거워졌다. 영화가 끝나자마자 남편에게 선언했다.

"오늘부터 도전을 시작할 거야. 도전 종목은 출판사에 원고 투고하기! 도전 기간은 우리가 다시 자유롭게 외출할 수 있을 때까지!"

그날부터 아이들을 재우고 출판사에 원고 투고하는 법을 공부했다. 첫 책의 경우 출판사에서 먼저 출간 제안을 해왔기 때문에 투고는 내게 낯선 세계였다. 고백하자면, 두 번째 책 역시 같은 방식으로 자연스럽게 출판할 거라고 믿었다. 그러나 브런치 북 프로젝트에 보기 좋게 떨어진 뒤 개인적으로 호기롭게 발행한 브런치 북에 그 누구도 반응을 보이지 않았다. 나는 현실을 직시했다. 내가 먼저 봐달라고 하지 않으면 아무도 읽어주지 않겠구나. 내 글의 가치를 가장 잘 아는 사람은 나니까, 그 시작도 분명 나여야 했다.

우선 기획서를 쓰기 시작했다. 생각보다 쉽지 않았다. 이 기획서 하나로 원고를 읽고 싶은 마음이 들게 해야 하고, 궁극적으로 출간까지 이어지려면 매력적으로 어필해야만 했다. 기획서를 쓰면서 비로소 나의 글을 객관적으로 바라볼 수 있게 되었다. 무엇보다 시장 조사를 하면서 내가 가진 이야기에 대한 믿음이 조금씩 커져갔다.

글을 통해 인종차별과 이방인의 정체성에 관한 이야기를 하고 싶었다. 이 현실적인 문제들을 맞닥뜨리고 해결하고 이해하는 과정에서 만난 다정한 사람들에 대해서도. 나는 글을 쓰면서 다른 이들과 끊임없이 연결되었다. 그리고 실감했다. 우리가 상상하는 것 이상으로 정말 많은 한국인이 외국에서 살고 있고, 또 그만큼 다양한 다문화 가정이 한국 내에 존재한다는 것을.

그런데 이런 이야기들에 관해 한국 저자가 쓴 출판물이 생각보다 적었다. '퇴사 후 세계 일주'나 '외국 한 달 살기' 같은 여행 에세이와 '프랑스식 육아'처럼 서양 중심의 사례를 토대로 쓴 육아서는 넘쳐났지만, 정작 외국에서의 삶에 대한 내밀한 이야기를 담은 책을 찾긴 어려웠다. 특히 초등학교 이후 아이들이 본격적으로 인종차별과 정체성의 혼란을 겪어나가는 과정을 그린 국내서는 거의 없었다.

코로나19로 인해 아시아인들은 크고 작은 인종차별을 숱하게 겪었다. 이 시점에 이탈리아에서의 삶을 담은 나의 글이 그저 '딴 세상 이야기'로 치부되지 않을 거라는 확신이 들었다. 또한 어느 여행 가이드 가족이 팬데믹 1년을 버텨내며 새로운 것에 도전하고 그 안에서 성장해가는 모습이 누군가에게 희망이 될 거라 믿었다.

그러나 현실은 달랐다. 첫 투고 메일을 보낸 다음 날 "저희는 출판을 진행할 생각이 없습니다"라는 단 한 문장짜리 답 메일을 받았다. 한국에서 보낸 시간은 오후였지만, 시차 때문에 나는 모닝 메일로 받았다. 그렇게 거절 메일을 확인하며 하루를 시작하는 날들이 이어졌다. 코로나19만으로도 충분히 괴로운데 이런 고통까지 자처하다니. 내게 거절을 즐기는 이상한 취향이 있는 건 아닐까. 그래도 투고를 멈추지 않았다. 그리고 매일매일 거절당했다. 처음엔 매정하다 싶었는데, 메일만 읽고 답신을 안 한 출판사가 더 많았던 걸 떠올리면 '희망고문'을 초장에 막아준 그들의 배려가 오히려 고마울 지경이었다.

내가 투고를 하고 있다는 이야기를 듣고 출판 관련 일을 하는 지인이 말했다. 코로나로 출판업계가 더 어려워졌다고(도대체 출판업계가 안 어려웠던 적이 있었나…). 판매로 확실하게 직결되는 작가들만 책을 내는 분위기니 아마도 인지도 없는 작가의 글이 출판되기는 한동안 어려울 거라고. 정말 그랬다. 인지도 없는 작가의 설움은 반려 메일과 함께 차곡차곡 쌓여갔다.

한 달이 지나고 원고를 보낸 출판사도 서른 곳이 넘어가 점점 자신을 잃어갈 무렵, 첫 책을 출간하고 맡게 된 온라인 글쓰기 클래스에 올라온 어느 수강생의 글에 시선이 머물렀다. 독일에서 아이를 키우고 있는 엄마였다. 아이도 엄마도 독일어에 서툴다. 학교에서 독일어로 놀림을 받고 돌아온 아들이 적응이란 이름으로 상처에 무뎌지길 바라는 자신의 미안함을 고백한 글 말미에 그는 나의 글을 인용했다. 그리고 이렇게 덧붙였다.

그녀만의, 세상을 향한 그녀다운 답을 찾아가는 모습이 내게도 선한 자극이 된다. 글이란 함께 울어주는 친구와 같은 거구나, 배운다. 그리고 그 뜻이 함께 모여 커다란 울림이 되면 좋겠다.
–글쓰기 수업 수강생 '하다' 님의 글에서

아이가 이탈리아에서 자라면서 겪는 차별과 혼란에 대한 이야기를 글로 담으면서 알게 되었다. 전 세계 많은 부모와 아이들이 우리와 꼭 닮은 일상을 살아가고 있다는 것을. 그들은 외국에 사는 가족일 수도, 한국에 사는 가족일 수도 있다. 그러나 그걸 드러내어 이야기하는 이는 많지 않다. 대부분 방향과 답을 찾아 헤매다 길을 잃거나 막다른 벽 앞에서 주저앉아 운다. 그들은 '그럴 땐 이렇게 대응해야 합니다'라는 확답이 아닌 '이 상황을 이렇게 바라보면 마음이 조금 진정될 거예요'라고 말해주길 바란다. 당신 아이가 이런 일을 겪은 것은 당신의 부족함 때문이 아니라고 이야기해주길 바란다. 화내고 싶은 순간에도 그저 눈을 감거나 울음을 삼킬 수밖에 없는 그 마음을 나도 겪고 있다며, 따뜻하게 안아줄 누군가를 기다린다. 내가 그랬듯이.

내 첫 책을 읽은 많은 분이 이런 이야기를 세상에 꺼내줘서 고맙다는 인사를 전했다. '이런 글을 쓴다는 게 정말 가치 있을까?' 고민할 때마다 그분들의 진심 어린 인사가 나를 지탱해주었다.

그러나 내 메일함엔 반려 메일만 잔뜩 쌓여 있었다. 정중함의 차이만 있을 뿐, 하나같이 거절이었다. 그사이 이동제한령이 해제되었다. 그렇게 다시 조금씩 일상을 되찾아갈 무렵, 한 통의 메일이 날아들었다.

보내주신 기획안과 원고는 잘 살펴보았습니다. 정성 들여 쓰신 기획안 덕분에 원고가 지닌 방향성을 가늠할 수 있었습니다. 무엇보다 세상을 바라보는 작가님의 태도와 시선이 좋았고요. 솔직히 말씀을 드리면, 코로나19로 다른 나라를 여행하는 일이 전처럼 쉽지 않은 상황에서 외국에서 사는 이야기를 담은 에세이가 독자들의 무엇을 건드릴 수 있을까 고민했습니다. 그래서 쉽게 판단할 수 없었고요. 하지만 보내주신 원고를 다시 한 번 찬찬히 읽으면서, 어쩌면 나와 타인의 삶이 모두 연결되어 있다는 감각을 담은 이야기가 그 어느 때보다 필요하지 않을까 하는 생각이 들었습니다.

2020년 5월 29일. 도전 60일 차. '출판사에 원고 투고하기' 프로젝트를 종료했다.

22

불확실한 시대의
확실한 세상

아침잠 없는 남편과 아이들이 모처럼 늦잠을 자는 아침. 조용한 주방에서 찻물을 올리다가 올해는 시간이 느리게 흐르면 좋겠다고 생각한다. 그리고 내 마음도 그 시간처럼 느긋해지길 기도한다. 하지만 휴대폰을 켜자 언제 그랬냐는 듯 마음이 다시 바빠지기 시작한다. 나만 빼고 세상 모두가 이미 저 앞으로 달려나가고 있는 것처럼 보인다. 내 기도는 단 몇 분 만에 힘을 잃는다.

어느새 큰아이가 일어나 식탁에 앉는다. 아침에 숙제를 하겠다던 어제의 약속을 지키기 위해 공책을 펼친 아이와 마주 앉아 전날 마무리하지 못한 원고를 쓰기 시작하지만… 꿈도 야무지지, 가능할 리 없다.

아이는 이내 도움을 요청한다. 알파벳 네 개, 겨우 초등학교 1학년 교과서 속 단어가 이렇게 생소할 일인가. 구글 번역기에 이한 사전까지 총동원된다. 엄마와 아들이 머리를 맞대고 숙제를 해나간다. 내가 모르는 단어를 아이도 모르는 건 지극히 자연스러운데, 나는 모르겠는데 아이는 아는 단어가 있으면 적잖이 당황스럽다.

아이의 숙제가 진도를 영 못 나가고 있다. 필기체 문장을 따라 쓰는 숙제인데, 아직은 익숙하지 않은 글자가 자꾸만 커져서 노트의 칸을 비집고 나가버린다. "엄마가 대신 좀 써줘" 투정하던 아이는 내가 반응을 보이지 않자 포기하고 몇 번을 지우고 다시 쓰기를 반복한다. 자리가 부족하면 그냥 칸 아래에 적어도 된다는 내 말은 들은 척도 않고, 한참을 더 지우고 다시 쓰기를 어어간다. 틈틈이 나의 시선을 확인하면서. 엄마가 바라보는 것만으로도 힘이 나는지 짜증 섞인 한숨을 쉬다가도 이내 힘을 내어 쓰고 또 쓴다.

그 순간 난 다른 생각을 하고 있었다. 이게 뭐야. 글은 한 문장도 못 썼고, 아이들은 내일도 학교에 가지

못하는데 또 뭐 하면서 시간을 보내나…. 그사이 아이
는 적당한 크기의 필기체 글자를 칸 안에 써넣는 데 성
공했다. 그러고는 어느 순간부터 나를 찾지 않고 홀로
숙제를 해나갔다. 그런 아이를 물끄러미 바라보았다.
아이는 숙제를 마칠 때까지 날 보지 않았지만, 나는 자
리에서 일어나지 못하고 그대로 옆에 앉아 있었다.

어쩌면….

두 아이 때문에 많은 것을 포기한 채 희생하고 있다
고 생각했다. 그러나 아이들을 키우며 이룬 모든 일은
결국 아이들 덕분에 해낼 수 있었다. 그들이 나의 시간
을 점유해버렸기에 매 순간 어떻게든 짬을 내어 무언
가를 하려 애썼다. 할 수 없다고 생각하니 해내고 싶은
오기가 생겼다. 불가능하다고 생각하니 하고 싶은 것
들이 더욱 또렷해졌다. 마치 잃고 나면 더욱 간절해지
는 마음처럼. 아이가 나를 찾을 때면 엄마로서 함께가
아닌 나 혼자 하고 싶은 것들이 가슴속에 들끓었다. 그
래서 아주 잠시라도 그런 욕망에 충실할 수 있는 순간
이 찾아오면 꽉 붙잡았다.

숙제를 끝낸 아이가 텔레비전을 켰다. 텔레비전 소
리에 자고 있던 둘째가 깼다. 두 아이가 본격적으로 나

를 찾는 시간이 시작된 것이다. 내가 나를 간절하게 생각해주어야 할 시간이 시작됐다는 신호.

신기하게도, 아이들이 하루 24시간 나의 일상으로 침투하면서 그리고 외부 요인에 가족의 일상이 무기력하게 휘둘리면서 나는 나에게 더욱 집중하게 되었다. 불확실한 시대에 나 스스로 통제할 수 있는 확실한 세계를 만들어내고 싶었다. 출판 계약을 한 것과 별개로 온전히 내 힘으로 책을 만들어 세상에 선보이고 싶다는 열망이 자꾸만 커졌다.

모든 것이 낯선 이탈리아 땅에서 누구라도 눈만 마주치면 붙들고 서서 '이게 뭔가요? 전 어떡해야 하나요?' 묻고 싶은 심정으로 가슴이 터질 것 같던 순간이 한두 번이 아니었다. 당장 내 곁에 서 있다는 이유로 아이에게 질문을 하곤 했다. 네 살짜리 아이가 무얼 알까? 그런데 이 작은 사람이 내 물음에 척척 답을 했다. 때로는 무심하게, 때로는 진지하게, 때로는 심각하게 아이는 나의 질문에 충실한 답을 보냈다. 그 말들이 나를 지탱해주었다. 아이의 말이 행여 날아갈까 봐 꼭 붙잡아두기 위해 기록했다. 그렇게 기록한 말들이 3년 동안 차곡차곡 쌓였다. 그것들을 책으로 나누고 싶었다.

다른 원고를 출판사에 투고하는 과정에서 깨달았다. 이 대화 형식의 이야기는 출판까지 닿기 어려울 거라고. 독립출판으로 개성 있게 만드는 것이 아무래도 더 어울려 보였다. 그렇게 '아무도 출간해주지 않을 책'이 아니라 '나만이 만들 수 있는 책'을 직접 펴내기로 했다.

그런데 어떻게? 외출이 막히고 모든 상점이 문을 닫은 봉쇄 기간이니 인쇄소에서 책을 찍을 수도 없다. 찍는다고 해도 집에 재고를 쌓아두고 이 이탈리아 땅에서 한국으로 배송할 수도 없는 노릇이었다. 그러나 언제나 길은 있는 법. 인터넷 검색을 하다가 책 주문이 들어오면 바로 인쇄를 하는 POD 출판을 알게 되었다. 원고 파일을 만들어 POD 출판 사이트에 올려두면 주문 수량만큼 제작되고 배송까지 처리되는 시스템이다. 단, 작가의 수익 배분율이 낮고 배송까지 일주일 이상의 시간이 소요된다. 하지만 해외에서, 심지어 이동제한령으로 외출이 금지된 상황에 이보다 더 최적의 제작 및 판매 방법을 찾기는 힘들었다.

기존의 원고를 다듬고 새로운 글을 써서 추가했다. 그리고 아이가 그린 그림을 넣었다. 문제는 그림의 필요한 부분만 잘라내 이미지 파일로 만드는 법을 모른 다는 것. 그때 머릿속에 떠오른 사람이 바로 하나 씨였 다. 하나 씨는 나처럼 로마에서 아이를 키우고 있는데, 잡지 디자이너로 일하다가 결혼과 동시에 남편의 직장 이 있는 이탈리아에 왔다. 아이를 낳고 육아를 하면서 원치 않게 경력이 단절된 그녀에게 책의 디자인을 부 탁했다. 당장 우리 가정에 수입이 없으니 책의 판매 수 익을 나누는 조건으로 구두계약을 진행했다. 아이들이 잠든 새벽마다 우리는 책의 디자인에 관해 메일과 카톡 을 주고받았다. 그렇게 수개월 만에 원고와 표지를 완 성했다. 편집 비용도 아껴야 했기에, 글쓰기로 인연을 맺은 전 세계 엄마들에게 교정교열을 부탁했다(우리는 서로를 '랜선 오탈자 사냥꾼'이라고 불렀다).

원고를 파일로 전환하는 일은 컴퓨터 강사로 일하는 30년 지기 친구에게 부탁했다. 그리고 마지막 검수는 역시나 로마에서 아이를 키우는 '전직' 출판업계 종사 자 친구가 맡아주었다. 한 아이를 키우기 위해서는 하 나의 마을이 필요하다더니, 한 엄마가 책 한 권을 만들 기 위해서는 전 세계에 흩어져 사는 엄마들의 도움이 필요했다. 이렇게 원고 집필 3년, 편집 및 제작 기간 반년을 거쳐 한 권의 책이 탄생했다. 계획대로 아이의 일곱 번째 생일에 맞추어 POD 출판 승인을 받았고, 아이의 이름을 공동 저자로 올렸다.

내친김에 하고 싶은 건 다 해보자 싶어서 미국 유튜버들이 많이 이용하는 사이트를 통해 굿즈도 만들었다. 그렇게 출판은 1도 모른 채 오직 나의 로망을 실현해보자고 시작한 일이 책이라는 결과물로 세상에 나왔다. 온라인으로 검색하니 내 책이 나온다며, 잔뜩 흥분한 친구의 문자를 받고 울어버렸다. 실물을 직접 만져보지는 못했지만 온라인에서 실재하는 책을 보자 이 세상에 존재하지 않았던 무언가를 직접 만들어냈음이 실감 났다. 누군가 나의 글을 선택해줘야만 세상에 책으로 나올 수 있는 줄 알았는데, 나 스스로도 할 수 있구나. 이루 말로 표현하기 힘든 벅찬 감정이 밀려왔다.

그러나 기쁨도 잠시. 막상 세상에 책을 내어놓으니 '사람들에게 닿게 하려면?'이란 난관에 봉착했다. 판매의 9할은 홍보인데, 홍보에 관해선 하나도 몰랐다. 글을 쓰고 책을 만드는 이는 좀 더 많은 사람에게 책이 읽히기를 바라는 마음이 있다. 나 역시 이 책이 많은 이의 사랑을 받으면 좋겠다. 나의 질문은 형편없지만 아이의 답은 사람들에게 분명 위로가 될 것이었다. 세상에, 얼마나 어리석고 철없고 부끄러운 질문들을 아이에게 던졌는지! 그런데 아이는 단 한 번도 나의 질문을 흘려버리지 않았다. 아이의 질문을 무수히도 무시했던 엄마임에도 불구하고 말이다. 나의 무용한 질문은 아이의 대답과 연결되면서 반드시 필요한 반짝이는 물음으로 탈바꿈했다.

그래서 새벽 5시에 일어나 브랜딩과 온라인 마케팅에 대해 공부하기 시작했다. 아이들이 깨어나면 '나의 시간'은 사라지고 '우리의 시간'만이 존재한다. 내 시간은 해가 뜨면 신기루처럼 사라지고 만다. 마법이 풀리기 전까지 기적을 만들기 위한 공부를 시작했다. Festina lente. 로마의 첫 황제 아우구스투스가 말했다. 천천히 서둘러라. 나는 길게 천천히 서두르며 나의 세상을 완성해나간다. 잘하는 것은 자신 없지만, 계속하는 것만은 자신 있기 때문이다.

23

인생 역경 10년 주기설

유치원이 문을 닫은 지 반 년 만의 개학날. 깨끗하게 빨아 빳빳하게 다린 샛노란 원복을 입고 새빨간 실내화 주머니를 든 아이와 학교 정원으로 들어섰다. 그런데 아무도 없다. 소풍날 혼자 학교 가기, 방학한 줄 모르고 학교 가기, 이런 건 만화나 드라마에서나 나오는 황당한 악몽 아닌가? 이게 무슨 일이지? 당황해서 어쩔 줄 몰라 하는 우리에게 경비원 아저씨가 다가왔다.

"교복 주문하러 왔어요?"

"아닌데요. 오늘 개학이잖아요. 왜 아무도 안 보여요?"

"무슨 소리예요? 개학은 내일이잖아요."

그제야 공문을 다시 확인하니 개학일에 내일 날짜가 떡하니 박혀 있다.

둘째의 개학날이라고 온 가족이 출동했다. 행여나 늦을까 봐 신호등 앞에서 발을 동동 굴렀는데… 가기 싫다는 애를 아침부터 얼마나 구슬렸는데… 개학이 내일이라니! 날짜도 제대로 확인을 안 했냐고 툴툴거리는 남편과 아들에게 버럭 화를 냈다. 다들 공문 한번 들여다본 적 없으면서!

"공지사항이 하루에도 몇 건씩 올라오고 바뀌는 줄 알아? 왜 나 혼자 이걸 다 해야 해?"

텅 빈 이탈리아 학교 정원에 한국 엄마의 목소리가 크게 울려 퍼졌다. 똥그래진 여섯 개의 눈동자가 일제히 나를 향했다. 그 눈동자들은 이렇게 말하고 있었다. 우린 아무것도 몰라요. 네가 다 잘해왔잖아요. 왜 이제 와서 우리보고 뭐라 그래요.

나만 의지하는 저 눈빛들, 정말 싫다.

우리 가족의 체류, 가계, 교육을 아우르는 모든 행정 관련 업무는 내 담당이었다. 그나마 코로나 이전에는 현장에서 부딪쳐가며 문제를 해결할 수 있었다. 하지만 상황이 변했다. 비대면으로 정보를 받아 온라인으로 일을 처리해야 한다. 아무리 경험치가 쌓였다고 해도 그것들을 나 혼자 책임지고 해결하는 건 여전히 버거운 일이다. 좀처럼 적응이 안 된다.

아이의 개학을 신호탄으로 멈춰 있던 모든 문제가 한꺼번에 몰아쳤다. 은행, 행정, 학교…. 아이들 학교 시스템은 코로나 이후 완전히 달라졌다. 하루에도 규칙이 수십 번도 더 바뀌고 확인해야 할 문서의 양도 많고 학부모가 준비해야 할 서류도 넘쳐난다. 따라가기 힘든 건, 나 같은 외국인 학부모나 이탈리아 학부모나 마찬가지다. 그래서 학부모 단톡방은 엄마들의 질문과 불만으로 폭발 직전이다.

수많은 공지사항 중 하나라도 놓치면 안 된다. 매의 눈으로 학교 공문을 확인하고 또 확인했는데… 개학날을 착각하다니! 아슬아슬하게 붙잡고 있던 끈 하나가 툭 하고 끊어진 기분이었다. 겨우 끈 하나 놓쳤을 뿐인데 고여 있던 불안과 조급함이 댐이 무너진 듯 쏟아졌다. 원망은 남편에게 향했다. 왜 나만 이렇게 동동거려야 하는 건데!

3월부터 남편은 무기한 휴직 상태다. 그는 소위 잘나가는 여행 가이드였다. 그런데 코로나 덕분에 달갑지 않은 휴가를 보내고 있다. 그는 투어 이외에는 아무것도 모르는 사람이었다. 연예인들이 TV에 나와 자긴 인터넷 뱅킹도 할 줄 모른다고 말할 때 속으로 코웃음을 쳤는데, 20년 가까이 가이드만 한 내 남편이 딱 그 꼴이다. 가이드를 할 때만큼은 세상에서 가장 반짝이던 남편이 병든 닭처럼 힘없이 쪼그라져 있다. 그런 그를 향해 나는 심통을 장착한 채 상처받을 말들을 마구 쏟아냈다. 아내의 날카로운 말에 그는 더 위축되어 눈치를 봤고, 나는 또 그 모습이 보기 싫어 더 눈을 흘겼다.

이런 일이 과거에도 있었다. 분명 있었다. 직장을 잃고 눈빛의 총기마저 잃은 중년의 남자. 그런 남자에게 독한 말을 쏘아붙이던 딸. 20년 전 IMF로 직장을 잃은 아빠와 대학생이었던 내 이야기다. 생각해보니 그때 아빠의 나이가 지금 남편과 비슷했다.

당시 주저앉은 아빠를 보며 왜 나가서 돈을 벌려고 노력하지 않는지 이해가 되지 않았다. 드라마를 보면 실직한 가장들이 주유소도 나가고 경비원도 하면서 어떻게든 생계를 이어가려고 고군분투하던데, 왜 아빠는 그깟 알량한 자존심 하나 버리지 못해서 가족을 허덕이게 하는지 원망스러웠다. 결혼하고 줄곧 전업주부로 산 엄마, 군대에 간 오빠. 현실적으로 돈을 벌 수 있는 사람은 나뿐이었다. 대학 동기들이 매일 밤 부어라 마셔라 놀 때에도 KFC에서 마감 시간까지 닭을 튀겼다. 집에서 나 혼자 돈을 번다는 사실이 못내 억울했다. 스스로가 너무나 애틋했다. 무엇보다 내가 번 돈이 가족의 돈이 된다는 생각에 울화가 치밀었다.

아빠는 평생을 그렇게 혼자 벌었을 텐데. 내가 부모가 되어보니 조금은 알 것 같다. 내 자식이 그런 마음을 품는다면 억장이 무너지고도 남을 것 같다. 그때의 아빠도 그랬겠지. 이제는 안다. 아빠가 경비원도 주유소 일도 막노동도 시도하지 않았던 것이 아님을. 그마저도 녹록하지 않았음을. 그래서 더 깊이 동굴 속으로 숨어들 수밖에 없었음을.

그때의 난 아르바이트로 돈이 어느 정도 모이기만 하면 훌쩍 여행을 떠났다. 절실히 가고픈 곳이 있어서 떠난 것이 아니었다. 여행지도 여행 기간도 가진 돈에 맞춰 정했다. 돈이 떨어지면 집에 돌아와 다시 독기 품은 눈동자로 동동거리며 돈을 벌고 또 어디론가 떠났다. 현실을 망각할 수 있는 낯선 곳에 있다는 홀가분함이 너무나 강력했다. 아르바이트를 마치고 저녁 늦게 집으로 돌아오는 길엔 대학을 졸업한 후의 현실을 그려보곤 했다. 내 돈은 평생 가족의 돈이 될 거고 나이가 들면 지금처럼 철없기도 힘들겠지. 좋은 직장을 구할 자신도, 행복한 결혼을 할 자신도 없고 미래의 나도 지금처럼 계속 가난하겠지. 생각에 생각을 거듭할수록 미래에 할 수 있는 일보다 할 수 없을 일들이 더 명확하게 보였다. 결론은, 철없을 수 있는 지금 눈 딱 감고 욕먹어도 할 수 있는 건 다 하자. 아이러니하게도, 가난 덕분에 나는 아무것도 포기하지 않을 수 있었다.

참 모를 일이다. 힘든 대학 생활을 마치고 이탈리아에 왔다. 해외여행은 꿈도 꾸지 못한 채 현실에 찌들어 살 거라 생각했는데, 어느 순간 내 삶은 원 없이 여행이 가능한 모습을 하고 있었다. 악에 받쳐 돈 버는 일에만 혈안이 됐던 내가, 이기심으로 똘똘 뭉쳐 있던 내가 서서히 부드러워졌다. 시간이 흘러 아빠도 많은 것을 놓아버림으로 평온을 찾았다.

몇 년 전 오랜만에 한국을 찾았다. 어쩌다 보니 아빠

와 단둘이 마주 앉게 되었다. 어색한 침묵 끝에 아빠가 입을 열었다.

"가난해서 미안했다."

그런데 내 입에서는 나조차도 예상치 못한 말이 흘러나왔다.

"아니에요. 가난해서 힘들지 않았던 건 아니지만, 덕분에 단 하나도 포기하지 않고 살았어요. 후회 없이 다 해봤어요. 가난이 아니었으면 언젠가 할 거야 하고 미루다 아무것도 하지 않았을 거예요. 그때 난 내가 뭘 좋아하는지, 무엇을 하고 싶은지 명확히 알게 되었어요. 괜찮아요. 그 시간이 있어서 정말 다행이라고 생각해요."

진심이었다, 그때는. '인생 역경 총량의 법칙'이 있다면 난 이십대 초반에 이미 다 겪었고, 그래서 앞으로는 좋은 날만 있을 거라고 믿었다. 하지만 그건 오산이었고 오만이었다. 내 인생에 적용된 건 역경 총량의 법칙이 아니라 역경 10년 주기설이었다.

결혼 1주년을 갓 넘기고 남편이 집을 나갔다. 그 누구한테도 기대지 않고 나 스스로 살아남아야 한다고 기를 쓰며 살다가, 남편을 만나니 너무 좋았다. 누군가에게 의지해 산다는 것이 행복했다. 그런데 남편은 아니었다. 독립적이고 생활력 강한 나에게 반했던 그는 결혼 후 변해버린 아내의 존재가 부담스러워지기 시작했다. 우리 둘 다 결혼 생활에 서툴렀다. 그는 이혼을 요구했고 내가 받아들이지 않자 집을 나갔다. 그렇게 1년 반을 따로 살았다.

상황이 바닥으로 치닫자 정신이 번쩍 들었다. 역경은 변화와 짝을 이루며 온다. 객관적으로 나를 평가해보니 이 이탈리아 땅에서 할 줄 아는 것이라곤 투어뿐이었다. 여기서 계속 살아남으려면 가이드 일 말고 모든 문제에서 혼자 해결할 힘과 경험이 필요했다. 이탈리아 운전면허증을 발급받고 내 이름으로 집 계약을 하고 이탈리아어 향상을 위해 수업을 등록하고 쉬는 날엔 열심히 여행을 다녔다. 최선을 다해 살아냈다. 오직 남편과 회사 동료만으로 이뤄졌던 인간관계는 다양한 현지 친구들로 확대되었다. 나 스스로 만들어가는 이탈리아의 삶에 자신이 붙기 시작했다.

일상의 자신감은 투어로까지 이어져 투어 멘트까지 더욱 풍성하게 만들었다. 이탈리아가 좋아서 왔으면서 어느 순간 마치 돈을 벌기 위해 살고 있는 것처럼 이 나라를 대하고 있었다. 이탈리아에서의 내 삶을 풍성하게 만들기 위한 필수 조건으로 가이드 일이 얼마나 중요한지 깨달았다. 그러자 일에 임하는 자세도 완전히 달라졌다. 이 직업이 고맙고 절실해졌다. 개인적으로는 가장 힘든 시기였지만, 가이드로서의 만족도는 최상이었다. 지금까지 연락을 주고받는 손님 대부분이 그해 만난 이들인 걸 보면 진정 일이 주는 즐거움에 푹 빠져 있던 시간이 아니었나 싶다.

투어가 없는 날에는 여행을 했다. 생을 온전히 책임질 수 있는 자신감이 생기자 남편과의 관계도 변하기 시작했다. 부부 관계에 수평이 맞춰진 것이다.

시간이 지나 그에게 말했다.

"그때가 우리 결혼 생활 중 가장 소중한 시간이었던 거 같아. 그 시간 덕분에 나는 자신감을 얻고, 우리 사이는 더 단단해졌어. 그 시간이 없는 우린 상상할 수 없어."

이제 더는 내 삶에 역경 따위는 없을 거라며 역경 총량의 법칙에 은근히 기대를 걸었건만… 빌어먹을 10년 주기가 또 돌아왔다. 지금 나는 20년 전 아빠를 바라보던 그 눈빛으로 남편을 보고 있다. 남편이 질려서 집을 나갈 만큼 내가 의지했던 과거는 까맣게 잊고, 코로나로 완전히 달라져버린 현실에 적응하느라 고군분투하는 남편을 몰아쳤다. 나만 불안한 것은 아닐 텐데. 가족의 경제를 책임지고 있는 그의 두려움은 오죽했을까? 20년 전 직장을 잃은 아빠 곁엔 그래도 제 앞가림은 하는 대학생 자식들이 있었지만, 현재 그에겐 겨우 초등학교에 입학한 아들과 유치원생 딸이 있다. 차마 헤아릴 수 없는 마음이다.

그러나 그 시절 아빠와 지금의 남편에겐 다른 것이 하나 있다. 남편에겐 삼십대가 되기 전에 가난과 결혼 위기를 잘 극복한 내가 곁에 있다. 역경은 닥칠 때마다 아프고 어김없이 나를 무너뜨린다. 그러나 10년 주기를 몇 번 겪어보니 역경에서 빠져나가는 속도가 점점 더 빨라진다. 역경이라는 파도에서 수영하는 기술이 하나씩 더해지면서 치명적인 상처를 입지 않을 노련함이 생겼다. 세 번의 큰 파도를 만나고 나니 확실하게 말할 수 있는 것이 하나 있다. 예상치 못한 파도가 닥쳤을 때 확실하게 살아남는 방법은 수영을 멈추지 않는 것이다.

남편이 헤매는 동안 나는 생계를 위해 뭐든 다 했다.

수익을 낼 수 있는 일이라면 가리지 않고 도전했다. 구매 대행, 해외 직구, 책 출판, 원고 투고, 온라인 글쓰기 수업까지. 여행 가이드 경력이 단절된 채 아이들만 키우며 7년을 보냈는데 코로나 때문에 스스로 창조해내는 수익의 희열을 알게 된 것이다. 이는 예상치 못한 큰 자신감을 선물했다. 그리고 각기 다른 일이라고 생각했던 분야들이 어느 순간에 서로 연결되어 새로운 일을 만들어냈다. 세상엔 돈을 벌 수 있는 수많은 기회와 방법이 있었다. 지금까지 우리가 보지 않았기 때문에 모르고 살았던 것일 뿐.

남편에게 제안했다.

"다시 일이 재개될 때까지 버텨내는 것이 아니라, 이 시간 동안 작지만 수익을 낼 수 있는 일들을 고민하고 도전해보면 어떨까? 궁극적으로 우리가 하던 일에 도움이 되는 노하우로 쌓이지 않을까?"

그래서 우린 이탈리아에서 살면서 가이드로 일했던 경험들을 활용해 수익을 낼 수 있는 방법에 대해 고민하기 시작했다. 비로소 우린 함께 기획해 앞으로의 비전을 만들 수 있는 팀이 되었다.

10년 전 남편의 가출 사건 덕분에 우리는 서로를 더

깊이 알게 되었고 관계의 수평을 맞출 수 있었다. 이번에 생긴 기울기는 내가 직접 조절할 수 있었다. 다시 균형을 잡아가는 과정에서 깨달았다. 우리는 하나부터 열까지 다른 사람이지만, 추구하는 생의 모습은 같다는 것을. 그래서 한 방향을 바라보고 있다는 것을. 그의 방향키가 흔들리고 있다면 내가 대신 잡을 수도 있다는 것을. 20년 전 내게 닥친 첫 번째 역경을 통해 좋아하는 것을 포기하지 않고 사는 법을 배웠다. 10년 전 찾아온 두 번째 역경은 내게 정신적으로 독립하는 법을 가르쳐주었다. 이번 역경엔 경제적으로 독립할 수 있다는 자신감과 비전을 제시할 수 있는 용기를 얻었다.

모든 파도들이 내가 나로 살기 위해 필요했던 거다. 그래, 삶을 집어삼키려는 것이 아니라 더 빛나는 곳으로 옮겨다 주기 위해 우리를 덮친 파도라면 기꺼이 그 흐름에 몸을 맡겨볼 것이다.

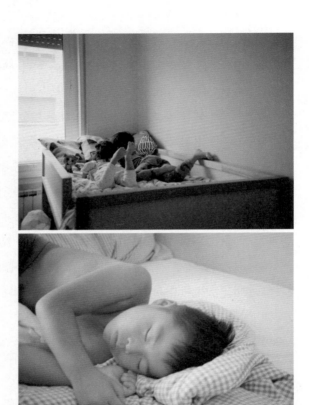

3부

우리가

우리에게

닿기를

화의 전염

　　　　　하교하는 첫째를 기다리고 있었다. 아이는
교문을 빠져나오자마자 내게 볼멘소리로 원망을 쏟아
내기 시작했다.

　"엄마! 왜 간식 안 넣었어. 나만 못 먹었잖아."

　"뭐? 학교에서 간식 준다고 했는데…. 그리고 없으
면 친구한테 나눠 먹자고 하지."

　"안 된대. 코로나 때문에 같이 먹으면 안 된대."

　때마침 퇴근하던 아이의 담임이 날 보더니 "내일은
간식 챙겨주세요" 하고 당부했다.

　"학교에서 준다고 들어서…."

　"학교 방침상 지금은 간식을 줄 수가 없어요."

둘째의 유치원에선 간식을 챙겨줄 테니 집에선 음식물을 가져오지 말라는 공문을 보냈다. 그 공문만 읽고 초등학교도 당연히 같은 규정일 거라 여긴 게 화근이었다. 아침부터 오후까지 간식도 없이 얼마나 배고팠을까. 간식 먹는 친구들 틈에서 혼자 얼마나 민망했을까. 생각이 거기까지 미치니 나 자신에게 화가 났다. 이런 간단한 걸 놓치다니.

"엄마, 그런데 음악 공책은 왜 안 넣었어?"

"무슨 소리야. 분명히 다 챙겨 넣었어."

"선생님이 음악 공책 뭐라고 했는데, 난 그게 모르는 말이어서 그냥 없다고 했는데…."

"선생님이 뭐라고 하셨는데? 모르면 물어봐야지. quaderno pentagrammato(음악 오선 노트)라고 하지 않으셨어?"

"맞다, 그거!"

"엄마가 가방에 넣어뒀어. 그리고 모르는 말이면 그게 어떤 공책이냐고 물어봤어야지! 모르는 건 무조건 물어보라고 했잖아! 학교에선 네가 알아서 해야 하는데, 네가 안 물어보면 선생님이 네가 모른다는 걸 어떻게 알아!"

"응…. 엄마 미안해…."

아이의 풀 죽은 목소리를 듣는 순간 얼굴이 후끈 달아올랐다. 전혀 그럴 일이 아니었는데, 화를 내고 말았다. 그것도 과하게. 사실 어디에라도 화를 내고 싶었다. 지금 우리가 처한 상황이 주는 불안, 새로운 기준에 적응하느라 날이 선 매일의 긴장, 갈피를 잡지 못하고 허둥대는 나에 대한 불만… 이 모든 것을 토해낼 대상이 필요했다. 내가 화를 내면 바로 고개를 숙이고 즉각적인 반응이 나오는 대상. 그게 아이였다. 나는 아이의 손을 잡고 솔직하게 고백했다.

"화내서 미안해. 사실 이안한테 화가 난 게 아니었어. 엄마 자신한테 화가 난 거야. 잘하고 싶은데 그러지 못해서. 그리고 앞으로도 잘할 자신이 없어서. 그래서 화가 났는데, 이안에게 화를 냈어. 정말 미안해."

아이는 가만히 생각에 잠긴 표정이더니 이내 고개를 들어 답했다.

"엄마가 나한테 화를 넘겨주려고 한 거야? 그러면 기분이 나아질 것 같아서? 그런데 엄마, 그렇게 해도 안 나아지는데…. 엄마가 나한테 화를 넘겨줘도 엄마한텐 아직 화가 반이나 남아 있거든. 그런데 내가 반을 가지고 또 누구에게 반을 주고, 그 사람이 또 반을 다른 사람한테 주면 모두가 화가 나게 되는 거야."

"그럼 어떻게 해야 해? 엄마 혼자 가지고 있는 이 화를 어떻게 없앨 수 있을까."

"들어주면 돼. 누군가가 다 들어주고 자신의 기쁨 반을 엄마에게 주면 화가 없어지는 거야. 그러니 들어달라고 해."

그러고 보니 최근 아이가 화내는 모습을 본 기억이 없다. 가장 자주 나의 화를 무장 해제된 상태에서 맞이하는 존재임에도. 불과 몇 달 전까지만 해도 이안이 화내는 모습을 많이 봤는데, 그사이 아이에게 무슨 일이 있었던 걸까?

"넌 요즘 화를 안 내는 것 같네."

"아, 난 약하거든."

"약하다고?"

"응, 난 힘이 없어. 화낼 힘이 없어서 화를 낼 수 없어. 난 화를 내기엔 힘이 너무 약해."

"무슨 말인지 잘 모르겠어."

"누가 화를 내, 그래서 나도 화를 내, 그럼 그 사람이 더 크게 화를 내. 그런데 내 화는 약해서 그거보다 크게 할 수 없다는 이야기야."

　이안은 자신이 약하다는 것을 인지하고 있었다. 말 그대로 자신의 화가, 힘이 약하다는 이야기였다. 화라는 것은 서로 주고받으면 눈덩이처럼 대책 없이 커진다. 하지만 상대의 화를 다른 것으로 받으면 그 화는 금방 힘을 잃는다. 아마도 이안은 화를 주고받는 과정에서 감정이 증폭되는 상황이 싫다는 말을 하고 싶었던 것 같다. 그리고 자신이 화를 내지 않음으로 그 상황이 반전될 수 있음을 어떤 계기로 깨달은 것 같다. 그런데… 깨달았다고 적용이 바로 되나?

　"엄마, 엄마가 날 혼낸 걸 바로 잊는 건 좋은 거지?"

　"좋은 거라니?"

　"음, 그냥 엄마가 날 혼낸 걸 바로 잊으면 좋겠어. 그게 엄마에게 좋을 것 같아."

　이안은 내가 화를 낸 뒤 그 감정에서 벗어나지 못한 채 나쁜 기분에 사로잡혀 있다는 것을 안다. 그래서 자신을 혼낸 기억을 잊는 것이 엄마의 정신 건강에 좋을 거라고 말하고 싶었나 보다.

　"그리고 내가 생각했을 때… 최고의 복수는 사과인 것 같아. 엄마 생각은 어때?"

며칠 뒤, 둘째가 하원하고 집에 가는 길에 밖에서 친구들과 놀고 싶다고, 집에 가지 않겠다고 떼를 썼다.

"코로나 때문에 밖에서 못 놀아. 친구들 다 집에 갔어. 너도 집에 가야지."

"아니야. 놀 거야. 밖에서 놀 거야. 이도 친구들이랑 놀 거야."

"엄마가 그만하라고 말하고 있어."

아이는 짧은 팔로 잘 꼬아지지도 않는 팔짱을 끼고 잔뜩 토라져서는 눈물을 흘렸다. 그러고는 왔던 길로 돌아서서 냅다 뛰기 시작했다.

"이리 와! 이리 오라고! 혼나! 엄마 셋 셀 거야! 셋 셀 때까지 안 오면 정말 혼나는 거야! 하나! 둘! 셋!"

그때 옆에 서 있던 이안이 내 팔을 잡았다.

"혼내지 마. 이도 혼내지 마. 그러면 이젠 내가 화내. 내가 화가 나려고 해. 이도~ 이도~ 오빠한테 와."

잔뜩 뿔이 난 채 멀찍이 서 있는 동생에게 이안이 다가갔다.

"친구들과 놀고 싶어서 화가 났어? 그런데 오빠랑 놀아도 재미있는데, 오빠랑 놀까?"

그러고는 이도의 배를 쿡쿡 찔렀다.

"여기 안에 카카(똥) 있어? 카카 있네."

이도가 눈에 눈물을 주렁주렁 매단 채 까르르 웃으며 넘어갔다.

"아니야~ 카카 없어~"

모두의 얼굴에 금세 웃음이 퍼졌다.

"이도, 이제 집에 갈까? 집에 가야 자고 내일 또 유치원에서 친구들이랑 놀지."

이도는 오빠의 손을 덥석 잡더니 언제 그랬냐는 듯 씩씩하게 집으로 향했다.

집에 다다를 때쯤 이안이 이도에게 물었다.

"이제 기분 좋아졌어? 화 안 나지?"

"나는 친구들이랑 놀고 싶어서…"

이도의 눈시울이 금세 붉어졌다. 그 모습을 보던 이안이 나에게 속삭였다.

"엄마, 미안. 내가 다시 생각나게 해서 이도가 화가 나려고 하네. 걱정 마. 내가 금방 기분 좋게 만들어줄게. 이도~ 이도~ 오빠랑 집에 가면 뭐 하고 놀까? 우리 초콜릿 먹자!"

울먹이던 이도는 금세 미소를 되찾았다.

팀 페리스의 『타이탄의 도구들』에는 자전거 타기에 푹 빠진 한 사람의 이야기가 나온다. 그는 매일 전속력으로 40킬로미터를 달렸고 목적지까지는 어김없이 43분이 걸렸다고 한다. 그런데 하루는 느긋하게 달리고 싶어 속도를 늦추고 주위를 둘러보며 풍경을 즐겼다. 아주 멋진 시간을 보내고 타이머를 확인한 그는 놀라고 말았다. 45분이 막 지나고 있었던 것이다.

시뻘겋게 달아오른 얼굴과 숨 막히는 고통과 스트레스는 제 삶에서 겨우 2분의 시간을 줄여주었을 뿐입니다. 극한의 노력이라고 생각했지만 결국 별것 아닌 헛된 노력이었죠. (…) 우리에게 필요한 건 '멈추는 것'입니다. 내면에서 흘러나오는 '으악' 하는 소리를 알아차려야 합니다. 그게 신호입니다. 내가 지금 무엇을 해야 할지 생각하지 마십시오. '내가 지금 뭘 하고 있지?'라고 틈틈이 질문을 던져야 합니다. 이상 신호를 감지하고 멈출 줄 아는 것, 그리고 좋은 신뢰를 얻기 위해 2분 정도 기다려줄 줄 아는 것.*

*　팀 페리스, 『타이탄의 도구들』, 박선령·정지현 옮김, 토네이도, 2017.

난 3초 만에 아이의 화를 멈추려고 했다. 말 그대로 내가 원하는 시간 안에 아이의 화를 멈추고 싶었다. 그렇지 않으면 아주 오래 저 화를 감당해야 한다고 생각했다. 그러나 필요했던 것은 단 2분이었다. 기다리고 들어주고 기쁨을 나눠주는 2분. 2분이면 화는 퍼져나가지 않는다. 누구도 옮지 않는다. 내 화를 누군가에게 넘기는 순간, 무섭도록 빠르게 번진다. 화도 바이러스도 옮기지 말아야지. 적어도 내 가족과 이웃에게는 말이다.

화를 옮기는 것은 3초.
기쁨을 옮기는 것은 2분.
2분은 기다릴 수 있는 시간이니까. 억겁의 시간은 아니니까. 심지어 화를 다른 이에게 넘겨버려도 여전히 나에게 반이나 남아 있다면, 그깟 2분쯤이야.

화해를 위한 싸움

코로나의 불안은 반년이 지나자 또 다른 양상으로 나타났다. '혹시나 내가 병에 걸리면?'이라는 두려움은 둔감해졌다. 대신 수입이 불안정해지면서 '언제까지 이 돈으로 버틸 수 있을까?'의 공포가 엄습했다. 하루하루가 마치 구름이 잔뜩 낀 오늘의 하늘과 태풍 예보가 기다리는 내일의 경계 어딘가에서 표류하는 기분이었다. 하지만 죽으란 법은 없는지 몇 번의 방송 출연, 세 번째 책 계약으로 받은 선인세, 지인을 통한 구매 대행으로, 주저앉으려 할 때마다 생계는 심폐 소생을 받았다. 아직 수익이 날 단계는 아니지만, 남편도 유튜브에 진지하게 임했다. 내가 버는 돈이 많진 않아도 아이들이 열광하는 해피밀은 기분 좋게 사줄 수 있었다. 가이드 경력이 단절된 지 7년 만에 생활 전선에 뛰어든 느낌은 억척스러움이 아니라 자유로움이었다. 흥분됐다. 올해 초 어렵게 시작한 운전이 능숙해져 혼자 차를 몰고 구매 대행 주문받은 물건을 사기 위해 아웃렛으로 향하는 길은 짜릿했다.

남편에게 아이들을 맡기기로 하고 모처럼 친구들과 저녁 약속을 잡았다. 코로나 이후 처음으로 혼자 하는 저녁 외출이었다. 집을 나서려는데 부엌에서 남편이 부르더니 말했다.

"나 설거지해."

나는 그 말이 '인간적으로 설거지는 해놓고 나가야 하는 거 아냐?'로 들렸다. 순간 바짝 날이 섰다.

"뭐야? 나 나가는 게 못마땅해?"

나는 일부러 더 뾰족하게 쏘아붙였다.

"낮에 당신 유튜브 편집할 때 내가 애들이랑 놀아줬잖아."

"그렇게 답하면 싸우자는 거잖아. 나 싸우려고 말한 거 아니야."

"내가 혼자 나가니까 눈치 보라고 그런 말 한 거 아니야?"

"난 그냥 '설거지는 미처 생각 못 했어. 미안해' 아니면 '설거지해줘서 고마워'라는 말을 기대했어. 그런데 그런 식으로 나오면 싸우게 되잖아. 알았어. 이젠 그런 말 안 할게."

내가 날을 세운 지점은 설거지가 아니었다. 물론 내가 외출할 수 있도록 하는 그의 배려를 당연시하지 않는다. 부부 중 한 명의 외출은 아이들과 집을 책임지는 또 다른 한 명이 있기에 가능한 것이기 때문이다. 물론 외출은 달콤하다. 한 명이 그 달콤함을 포기해 다른 하나가 그 달콤함을 맛보게 된다면, 당연히 고마움을 표현해야만 한다. 큰 것을 바라는 것이 아니다. 미안하다. 고맙다. 이 말을 소리로 듣고 싶은 것이었다.

'민주야. 이 말을 하면 안 돼. 그럼 너는 건널 수 없는 강을 건너는 거야.'

내 안의 다른 내가 말리는데도 사리 분별 못 하는 입이 해선 안 되는 말을 내뱉고 말았다.

"나 안 나가! 안 나가면 되잖아! 요즘 왜 그래? 그렇게 나가는 게 싫으면 싫다고 말해."

그렇다고 안 나갈 것도 아니면서 내가 피해자라고 억울하다고 드러눕고 싶었다.

"뭘 또 요즘이야? 나 이번에 처음 이야기한 거야. 그리고 누가 나가지 말래? 나가는 게 싫다는 말이 아니잖아."

"그냥 알려줘. 너는 외출하는데 내가 설거지하고 있으니 고맙다고 표현해주면 좋겠다고. 당신은 말 안 해주면 모른다고 하나하나 다 알려달라고 하면서, 정작 나는 말 안 해도 당신이 바라는 대답을 해주기를 원하는 거야?"

"넌 다 잘하잖아. 그런 거 잘 알잖아."

"몰라! 모른다고! 이야기 안 해주면 몰라! 요즘엔 더 모르겠어! 당신은 속내를 이야기 않고 말만 던지고 나는 틀린 답을 해서 싸움이 되고. 결국은 다 내가 답을 잘못해서잖아! 어떤 말을 듣고 싶은지 정확하게 알려달라고. 난 정말 모르겠다고!"

갑자기 울음이 터졌다. 물론 이 일 하나만으로 터진 울음은 아니었다. 남편도 나도 반년 이상 그리고 언제까지 지속될지도 모를 이 막막한 상황에 짓눌려 있었다. 그즈음에는 숨도 쉴 수 없을 만큼 긴장해 있었던

252

것도 사실이다. 순간의 서운함들이 각자 더 배려하고 참고 있는 우리의 마음을 날카롭게 갈아버렸다. 순식간에 발톱을 세우고 서로가 서로를 말로 할퀴었다.

우리 둘의 목소리가 커지자 아이들이 달려왔다. 심각한 상황 앞에 서성이던 두 아이가 다가와 나를 꼭 안았다.

"아빠만 잘못한 거야?"

엄마만 끌어안은 아이들에게 서운한 듯 남편이 물었다. 나를 안고 있던 이안이 아빠를 올려다보며 말했다.

"아빠도 잘못했고 엄마도 잘못한 거 같은데 아빠가 더 잘못한 거 같아. 그래도 엄마가 우니까."

그러더니 이안은 슬쩍 나의 손에 쪽지를 하나 쥐여주었다. 나는 의아해하며 종이를 펼쳤다. 종이에 적힌 글씨가 눈에 들어왔다.

-그냥 가.

펼친 종이에는 그렇게 쓰여 있었다. 아빠랑 싸우지 말고 가라는 건지, 엄마가 오늘 저녁 외출을 무척 기대했으니 신경 쓰지 말고 나가라는 건지, 아빠 화난 거 같으니 엄마는 우선 나가라는 건지, 어떤 마음으로 이 말을 적었는지는 물어보지 않았다. 다만 우리가 싸우는 소릴 들으며 이렇게 써서 조심스럽게 손에 쥐여준 아이의 마음에 내 마음도 무너졌다. 속삭일 수도 있었 겠지만 종이에 적어 쥐여준 마음에는 혹시나 이 말을 듣고 아빠가 상처받지 않기를 바라는 배려도 담겨 있었 다. 둘째도 내 손을 꼭 잡고 말했다.

"엄마… 아빠가… 일이 많아서…."

그리고 아빠에게 다가가 아빠의 손을 끌며 부엌을 빠져나갔다. 세 살 아이도 마음을 헤아릴 줄 아는데 엄 마가 되어서 서운함만 앞서다니.

이 와중에 남편은 김치수제비를 만들기 시작했다. 친구들에겐 약속 시간에 늦는다고 문자를 보낸 다음 식 탁에 앉았다. 우린 그동안 담아두었던 이야기들을 풀 어나갔다. 나는 마치 당신과 내가 바뀐 것 같다고 말하 고 나서 웃었다. 그가 투어를 하고 며칠 만에 집에 돌 아오면 나는 잔뜩 눈치를 줬다. 분명 놀다 온 게 아닌 데 내 눈에는 애들 없이 편하게 놀다가 집에 온 것 같 았다. 나는 24시간 애들이랑 부대꼈는데. 당신의 일은 경력이 되겠지만 나의 육아는 애들을 키웠다는 것 말 고 남는 것이 무엇이냐고. 그러니 당신만큼은 내 육아 에 고마움을 표하고 당연시하지 말아야 한다고. 그런데 사람이 이렇게 간사하다. 내가 그를 당연시하고 있다. 세상 그 어디에도 당연은 없는데 말이다.

코로나가 참 많은 것을 겪게 만든다. 아내가 남편이 되고 남편이 아내가 되면서 가족은 더 가족이 된다. 많이 싸우고 서운하고 화나고 밉고 고맙고 미안하고 사랑한다. 그리고 하나의 결론에 도달한다. 서로가 서로에게 바라는 것은 크지 않다. '고맙다' '미안하다' 이 말을 소리 내어 해주는 것.

아이와 매일 밤 한국말과 이탈리아 말로 시 쓰기를 하는데, 그날 밤 아이는 가족이라는 시를 썼다.

La mia famiglia litigano a volte ma facciamo pace e ci vogliamo tanto bene.

Mamma e paá litigano ma fanno pace e si amano.

우리 가족은 가끔 싸우기도 하지만 화해하고 많이 사랑해요.

엄마 아빠는 싸우지만 화해하고 서로 사랑해요.

이탈리아 말로 '화해하다'를 'fare pace'라고 한다. 직역하면 '평화롭게 하다'이다. 화해를 하려면 우선 싸워야 한다. 평화롭기 위해 필요한 싸움도 있다. 용기 내어 솔직한 마음을 꺼내 보여주는 싸움이다. 싸움이 다툼으로만 끝나지 않고 화해에 도달한다면 사랑은 평화를 얻는다. 이안의 말이 옳다. 가족이니까 싸우는 거다. 기억할 건 단 하나다.

싸워도 우리는 사랑한다. 우리는 싸워도 사랑한다.

세상에서 직업이
사라진 기분

"나는 투어하다 죽어도 좋아. 그러니까 죽을
때까지 투어를 할 거야."

남편은 늘 이렇게 말했다. 마치 조국을 위해 싸우겠
다는 독립투사처럼 비장한 표정으로. 그의 말을 듣고
있으면 마치 세상의 그늘이란 전혀 모르는 순수한 소년
이 자신의 꿈을 이야기하는 것 같았다. 그러나 현실의
그는 두 아이의 아빠이자 곧 반백 살이 되는 중년이다.
한 해 한 해 피로는 더욱 무겁게 내려앉고 목소리는 더
쉽게 갈라지고 팔은 들어올리기조차 힘들어 한다.

2019년 12월, 우리는 마주 앉아 2020년 계획을 세웠
다. 남편이 말했다.

"현실적으로 생각할 때… 앞으로 이 일을 5년은 더 할 수 있을까?"

하지만 그의 마음만큼은 변함없었다.

"난 죽을 때까지 가이드 하고 싶어."

그러나 점점 남편의 바람은 정말 꿈일 따름이라는 생각이 들기 시작했다.

"앞으로 5년이야. 이것도 체력 관리를 잘해야 가능할 거야."

"그럼, 5년 뒤엔?"

"지금부터 준비해보자. 아이들도 어리고. 뭐라도 해야 하잖아."

하지만 불과 두 달 뒤, 세상이 뒤집어졌다. 언제까지나 우리를 지켜줄 것만 같던 회사가 휘청거렸다. 우리의 사정만 앞세우기엔 회사도 앞가림하느라 정신을 못차리는 상황이었다. 마치 새로운 기준을 만들려는 듯 세상은 기존의 질서를 무너뜨렸다. 이 혼란 속에서 몇몇 직종은 역사 속으로 사라지기도 했다.

남편은 단지 직장을 잃는 것을 넘어 자신의 직업이 세상에서 사라지는 기분을 맛보고 있다. 잘해오던 일이 자신의 의지와는 상관없이 한순간에 사라지는 건 실직과는 전혀 다른 이야기다. 그는 더 이상 일을 할 수 없는 순간이 닥치자 더욱 간절해했다.

"죽을 때까지 투어하고 싶어. 좋아하는 일을 하면서 평생 먹고살고 싶어. 누군가의 남편, 한 집안의 가장을 다 떠나서 한 인간으로 내가 가장 행복할 때는 투어할 때야. 난 이 직업을 세상에서 사라지게 내버려두지 않을 거야. 어떻게 해서든."

이른바 대혼란의 시대. 이 시대가 가져온 가장 큰 변화는 무엇일까? 지금 당장 우리 삶에서 멈춘 것을 떠올리면 무엇이 있을까?

아마도, 여행.

남편의 직업은 여행 가이드, 여행 관련 일 중에도 가장 아날로그적인 일이다. 2020년 3월, 이탈리아에 봉쇄 조치가 내려지면서 주변의 한인 가이드 대부분이 한국으로 돌아갔다. 여행객 없이 가이드는 존재할 수 없다. 존재의 이유가 사라지자 이탈리아를 떠난다는 가이드들의 소식이 하루가 멀다 하고 들려왔다. 적어도 이탈리아보단 말이 통하는 내 나라에서 벌이가 가능한 일을 찾기가 더 나을 거라는 판단 때문이었다. 수입 활동의 정지가 아니더라도 이탈리아를 떠날 수밖에 없는 수만 가지의 이유가 우리를 노려보고 있었다. 이탈리아 봉쇄가 한 달 넘게 이어지자 한국에서 전세기를 보낼 거란 소식이 들려왔다. 우리는 고민 끝에 전세기를 포기하고 이탈리아에 남기로 했다. 극한의 상황에 처하자 그 이유가 더욱 명확해졌다. 남편은 가이드를 계속하고 싶다. 그리고 우리는 이탈리아에 살고 싶다.

그렇다면 어떻게 살아남을 것인가. 이탈리아에는 여행객이 없고, 우리는 이탈리아에 있는데. 세상의 흐름이 온라인으로 이동하기 시작했고, 우리도 지극히 아날로그적인 여행 가이드를 온라인으로 옮기기로 했다. 첫 시작은 인스타그램 라이브였다. 봉쇄 조치가 풀리고 외출이 가능해지면서 인스타그램 실시간 라이브로 랜선 투어를 시도했다. 그러나 세로 화면으로 풍경을 보여주기엔 한계가 있었고, 버퍼링 문제 때문에 실시간의 묘미를 살리기엔 역부족이었다.

코로나19 시대의 최대 수혜 플랫폼인 줌으로 방향을 전환했다. 한국, 프랑스, 독일 등 각국의 지인들에게 참여를 부탁해 로마 시내 투어 베타 테스트를 진행했다. 그러나 줌 역시 야외에선 버퍼링 문제가 심했고,

무엇보다 각국의 인터넷 상황에 크게 영향을 받았다. 실내용 강의에는 적합할지 몰라도 야외 라이브에는 맞지 않았다. 실내에서 진행하는 강의식 투어도 고려해 보았지만, 우리가 궁극적으로 하고 싶은 건 현장감이 살아 있는 야외 실시간 투어였다.

결국 유튜브 라이브 스트리밍이 랜선 투어에 가장 적합하다는 결론을 내렸다. 그러나 유튜브가 제시하는 야외 라이브 스트리밍 조건에는 1,000명의 구독자가 포함되어 있었다. 당시 우리의 유튜브 채널 구독자는 300명이 조금 안 되는 숫자였다. 1,000명 달성을 목표로 유튜브 채널을 좀 더 계획적으로 운영하기 시작했다. 초반에 남편 혼자 채널을 운영했는데, 이름을 '로마 가족'으로 변경하면서 내가 본격적으로 합류했다. 주제 선정과 섬네일 제작 등 세부적인 (우리 둘만의) 기획회의가 시작됐다.

2020년 9월 1일, 본격적으로 채널을 운영한 지 석 달 만에 구독자 1,000명을 달성했다. 12월을 목표로 했는데 생각보다 반응이 빨랐다. 그로부터 2주 뒤, 드디어 유튜브에서 야외 스트리밍이 가능하게 되었다. 뜬눈으로 새벽을 맞이한 우리는 해가 뜨기 전에 집을 나섰다. 아무도 깨지 않은 로마의 새벽 5시, 유튜브를 통한 첫 라이브 스트리밍을 시작했다.

라이브를 시작하고 국내 포털 사이트에서 개발한 라이브 스트리밍 애플리케이션도 알게 되었는데, 이를 통해 버퍼링과 화질 문제도 개선할 수 있었다. 저작권 문제 없는 배경음악과 화면으로 자료 및 영상 공유도 가능해졌다. 현장에서 투어를 진행할 때 손님들에게 수신기로 노래를 들려주고 태블릿 PC로 자료를 제공하던 서비스를 랜선 투어에서도 구현할 수 있게 되었다 (한국 IT 기술은 정말 대단하다!). 실시간 랜선 투어를 할 수 있는 모든 조건이 마련된 셈이다.

그야말로 생계유지형 가족 유튜브 채널의 탄생이었다. 그렇다면 이제 우리에게 필요한 것은 여행객이다. 과연 사람들은 화면 속으로 옮겨진 여행을 가이드와 함께 즐기고 싶어 할까?

27

가상공간 속 비대면 연대

　　2020년 9월 1일 새벽 4시, 우리는 이탈리아
최남단 풀리아주로 내려가고 있었다. 장거리 여행은
반드시 새벽에 출발해야 한다. 로마에서 풀리아까지는
차로 다섯 시간 정도 걸리는데, 아직 어린 두 아이에게
는 장시간 차에서 머무는 일이 곤욕일 수밖에 없다. 그
래서 아이들이 깊은 잠에 빠진 새벽에 출발해 깨어날
때쯤 목적지에 도착하는 스케줄은 우리 가족의 장거리
여행 노하우이자 제1 원칙이다.

　이번 여행도 이탈리아 친구들 덕분에 성사되었다.
여행 비용에서 가장 큰 비중을 차지하는 것이 숙박비인
데, 남편과 투어로 인연을 맺은 이탈리아 남부 친구들

이 무상으로 숙소를 제공해주었다. 대를 이어 옛 로마인들의 방식 그대로 올리브밭을 일구는 친구는 오래된 올리브나무가 끝없이 펼쳐진 농장 한가운데에 우리 가족이 머물 집을 준비해주었다. 그곳에서 우리는 올리브나무 가지 사이로 뜨고 지는 붉은 태양을 만났다.

풀리아로 떠나기 전날 유튜브로 실내 라이브를 했다. 당시 구독자는 970명. 유튜브는 구독자 1,000명이 넘어야 야외 스트리밍 서비스가 가능하다. 풀리아에 가면 한국에선 결코 접하기 힘든 풍경이 펼쳐질 것을 알았기에 그 조건에 도달하지 못한 것이 못내 안타까웠다. 실내 라이브에서 이런 아쉬움을 드러내자 한 분이 채팅창에서 "내일 새벽 풀리아 가는 길에 구독자 1,000명이 되는 것을 보여줄게요" 했다. 그러자 다른 분이 "워너원 데뷔시킨 사람들입니다. 믿으세요"라고 맞장구쳤다. 우린 말만으로도 너무 든든하다며 웃었다.

인정한다. 우리는 이탈리아에 너무 오래 살았다. 그래서 한국 네티즌의 힘에 무지했다. 풀리아로 향하던 새벽 4시, 유튜브를 켰는데 구독자 숫자가 심상치 않았다. 목적지에 도착하기 직전 구독자는 999명. 도착하고 나니 이미 1,000명이 넘어 있었다. "거봐요, 1,000명 만든다고 했죠?"라는 댓글이 올라왔다. 유튜브를 해본 사람이라면 공감하겠지만, 일반인 유튜버가 구독자 1,000명을 만드는 것은 결코 쉬운 일이 아니다. 게다가 하루 40명 이상의 구독자가 늘어날 가능성은 희박하다. 그런데 이게 무슨 일이지? 나중에 알았지만 구독자들이 가족 아이디를 동원하고, 지인들에게 우리 채널 링크를 공유하고, 심지어 개인 아이디를 여러 개 만들어 구독 버튼을 누른 것이다. 이 모든 게 하루 하고 반나절 만에 이뤄진 일이다.

당시 〈로마가족〉 채널의 구독자들은 남편이 몸담은 투어 회사의 고객, 과거에 함께 투어를 했던 손님, 그리고 이탈리아를 좋아하는 이들이 대부분이었다. 그날 깨달았다. 가이드만큼이나 여행자도 여행이 자유로웠던 시절을 그리워한다는 사실을. 유레카! 우리는 여기에 살고 있기에 적어도 이렇게 짧은 여행이나마 가능하지만, 그러지 못하는 여행자들의 그리움은 훨씬 더 간절했다. '온라인 여행을 하고 싶어 할까?' 가졌던 걱정은 기우에 불과했다. 그들에겐 화면으로라도 여행을 즐기고 싶은 간절함이 있었다. 오프라인에선 결코 알수 없었다. 우리가 온라인 세상으로 들어가서야 비로소 그 마음을 들여다볼 수 있었다. 가상의 공간, 비대면 만남에서 어디까지 진심을 보여줄 수 있을까 내심 걱정했지만, 놀랍게도 직접 얼굴을 마주할 때보다 더 솔직한 마음과 응원이 왔다. 〈로마가족〉이라는 채널명에 맞게 우리는 구독자들을 이탈리아어로 가족을 뜻하는 파밀리아Famiglia라고 불렀다. 코로나가 만들어준 새로운 가족이었다.

오프라인 투어에서 가이드와 손님은 하루의 강렬함으로 긴 여운을 남긴다면, 온라인 가상 투어에서의 가이드와 여행객은 실시간 소통을 하며 느슨한 듯 촘촘한 연대를 만들어나갔다. 어제도 함께했고 오늘도 함께하며 오늘보다 더 나은 내일의 영상을 함께 기대했다. 구독자 200명부터 어설프게 시작한 채널이 시행착오를 거치며 자리를 잡아가고 경험이 쌓여가는 과정을 함께했다. 하고 싶은 이야기가 있고 이야기에 공감하는 사람들이 모이고 그들이 이야기를 퍼트리고 소통한다. 가상의 공간에서 비대면 연대가 일어났다. 구독자 1,000명을 달성, 첫 야외 스트리밍, 첫 광고, 첫 슈퍼챗의 순간까지 모두가 함께했다. 구독자분들은 우리 채널의 시작부터 성장의 과정을 지켜본, 로마가족이 코로나 시대 역경을 헤쳐나가는 매 순간의 산증인들이었다.

가이드를 하고 싶은 마음과 여행을 하고 싶은 마음이 만나 비대면 교감이 일어났다. 깜깜한 밤하늘을 떠돌던 비행선이 고향의 사람들과 신호를 주고받는 기분이었다. 유튜브 시작 전에는 전혀 알지 못했고 상상하지 못했던 일이다. 이 교감은 우리와 구독자 사이뿐 아니라 구독자 사이에서도 일어났다. 채팅창에 입장하면 누구 할 것 없이 반갑게 인사를 나눴다. 서로가 주는 응원의 힘과, 여행을 그리워하는 마음을 공감해주는 힘은 강하고 따뜻했다. 채팅창에 처음 입장한 사람들마저 누구나 그 온기를 느낄 수 있었다. 그 느낌이 좋아 우리 채널에서 여행을 함께하는 사람들이 꾸준하게 늘어났다.

여행하는 순간의 느낌을 바로바로 채팅창으로 전할 수 있는 여행이다. 실시간 참여를 놓쳐도 재방이 가능한 여행이다. 〈로마가족〉 채널은 단순히 온라인으로 이탈리아를 만나는 창구를 넘어서 파밀리아들이 온라인으로 소통하는 시간이 쌓여가면서 어느새 구독자끼리 즐기는 놀이터가 되어 있었다. 다들 브랜드가 놀이터가 되어야 한다고 말하지 않는가? 그 무엇보다 중요하고 만들기 힘든 것이 슈퍼팬이라는데 우리에겐 파밀리아라는 슈퍼팬이 생겼다.

9월 24일 영상 시작에 첫 광고가 깔렸다. 〈로마가족〉이라는 작은 방송국이 광고를 따낸 거나 다름없다. 이렇게라도 가이드 일을 할 수 있는 것만으로 감사한데 작지만 광고로 수입도 낼 수 있게 된 것이다. 본격적인 실시간 로마 바티칸 투어를 선보이자 놀라운 일이 벌어졌다. 영상을 시청하는 사람들이 물어오기 시작한 것이다.

  - 이런 귀한 투어를 왜 무료로 보여주는 거지요?
  - 돈을 낼 수 있는 방법이 뭐가 있을까요?
  - 이거 돈 받고 해야 하는 것 아닌가요?
  - 우리가 돈을 낼 수 있도록 해주세요.

28

우리가 우리에게 닿기를

새벽 4시 반, 여명이 내려앉은 로마의 거리로 나서는 그의 발걸음은 가벼웠다. 15년 넘게 깜깜한 새벽을 지나 투어 모임 장소로 향했던 그였다. 코로나로 인해 멈추었던 그 발걸음을 반년 만에 다시 내디딘 것이다.

고요한 새벽은 진짜 로마를 만날 수 있는 시간이다. 거리에 사람들이 없으니 데이터도 잘 터져 영상 송신에도 좋다. 새벽 라이브를 선택한 가장 큰 이유는 그가 두 아이의 아빠이기 때문이다. 처음엔 아이들을 등교시키고 라이브 방송을 했는데 돌아오면 아이들의 하교 시간이라 좀처럼 쉴 시간이 없었다. 그래서 새벽에 라이브 방송을 하고 집에 돌아와 아이들이 학교에 있는 동안 쉬기로 했다. 오랜 시간 체화된 새벽 기상은 크게 힘들지 않았다. 다만, 과연 이 시간에 방송을 시청하는 사람이 있을까가 걱정이었다.

그런데 신기한 일이 일어났다. 어두운 새벽에 혼자 걷고 있는 줄 알았는데 해가 뜨고 주위를 돌아보니 함께 걷고 있었다. 처음엔 20명, 30명으로 늘더니 어느새 80명이 라이브 방송에 접속했다. 채팅창에서 서로 인사를 나누고 반가워하며 먼 나라의 새벽 거리를 함께 걷고 있었다.

읽기와 쓰기와 고독이 지닌 깊이가 나를 반대편에서, 예상치 못했던 방식으로 다른 사람들과 이어지게 했다. 너는 지금까지 한 번도 본 적 없는 사람들에게서 사랑받을 거야.[*]

로마의 오후 5시. 남편이 외출 준비를 했다. 영화 〈로마의 휴일〉 속 장소를 따라 여행하는 영상을 촬영할 계획이었다. 가능하면 실시간 라이브 스트리밍도 함께 하

---

[*] 리베카 솔닛, 『멀고도 가까운』, 김현우 옮김, 반비, 2016.

겠다는 계획도 세웠다. 한국은 새벽 1시. 나는 그 시간에 보는 사람이 있겠냐며 만류했다. 그런데 남편은 단한 명이라도 함께한다면 그것만으로 충분하다며 설렘가득한 눈빛으로 집을 나섰다.

그는 영화 속 오드리 헵번의 발자취를 따라 로마의골목골목을 누볐다. 진실의 입, 트레비 분수, 포로 로마노…. 라이브 채팅창은 새벽 2시의 한국은 물론 이탈리아, 미국, 프랑스, 독일에서 함께하는 이들의 대화로채워졌다.

―여기는 파리예요. 한국은 새벽일 텐데 들어오시고다들 대단하시네요.

―며칠 전 딸아이와 〈로마의 휴일〉을 봤어요. 어린시절 환상에 빠지게 했던 영화예요.

―스쿠터조차 예술로 보이는 로마네요.

―와, 이탈리아는 강아지가 상점에 들어가도 되나 봐요.

―매년 1월 1일 명절 특선영화로 봤어요. 어린 시절졸린 잠 참아가며 봤던 그레고리 펙의 준수함에 침 꼴깍 삼켰던 기억을 소환해주시네요.

−거리 소리가 현장감 충만이에요.

−전 그레고리 펙 영화는 거의 다 봤어요.

−어릴 때 기억은 어쩜 이렇게 생생할까요. 지금은 돌아서면 까먹는데.

−로마의 분수 소리는 언제 들어도 가슴이 뛰어요.

−시간이 흘러도 변함없는 거리 모습이 참 정겨운 것 같아요.

−세상에! 트레비 분수 앞이 이렇게 한산하다니요.

−정겨운 로마 골목을 언제 또 걸을 수 있을까요.

−발뒤꿈치가 까지도록 가이드님을 따라다니고 싶네요.

−라방 보다가 저도 모르게 잠이 들었어요. 마음이 포근하고 좋아서인지 꿀잠 잤어요.

우리는 각자의 시공간에서 로마를 만나고 있었다. 우리가 이토록 그리워한다는 걸 로마는 알까? 우리가 진짜 우리가 될 수 있게 만들어준 것을 알까?

로마는 흑백 화면 속 해맑게 웃고 있는 오드리 헵번 너머의 그 모습 그대로 자리하고 있었다. 코로나 이전 으로는 절대 돌아가지 못할 거라는 것을 모두가 받아

들이고 있는 지금, 마스크로 얼굴의 반을 가리는 일이
더 이상 낯설어 보이지 않는 현재가 무색해지는 순간이
었다. 모두가 입을 모아 그 어떤 것도 예전으로 돌아갈
수 없다고 말하고 있는데, 미련할 정도로 그대로인 로
마의 풍경이 우리를 감싸 안고 있었다. 우리는 로마의
거리를 함께 걸으며 이 세상 모든 것이 변한다 해도 절
대 변하지 않을 단 한 가지를 찾은 사람들처럼 흥분했
다. 어느덧 해가 저물고 오드리 헵번이 그레고리 펙을
처음 만난 로마의 유적, 포로 로마노 위로 보름달이 떴
다. 가로등 불빛에 로마의 돌길이 반짝였다.

　라이브 방송을 마치고 마지막 인사를 전하는데, 누
군가 채팅창에 이런 글을 남겼다.

　－모두 로마 꿈 꾸세요.

　어딘가는 이제 막 밤이 되었고, 어딘가는 새벽의 한
가운데를 지나고 있으며, 또 어딘가는 여전히 해가 떠
있는, 지구의 서로 다른 시간을 사는 이들이 옛 로마 위
로 떠오른 보름달을 끌어안고 함께 로마 꿈을 꾸었다.

유튜브에서
월급이 도착했다

유튜브로부터 첫 월급이 들어왔다. 구글이 보낸 돈이 떡하니 통장에 찍힌 것이다.

유튜브 수익 창출 조건인 구독자 1,000명, 총 시청 4,000시간이 달성되자 사람들은 자발적으로 슈퍼챗을 통해 투어비를 내기 시작했다. 금액은 그들 스스로 정했다. 코로나19 이전까진 수입 활동에 늘 미들맨이 존재했다. 회사가 홍보하고 모객하고 투어비를 책정했다. 회사가 정한 스케줄대로 투어를 진행했고 월급을 받았다. 코로나19로 여행이 멈추고 회사도 멈췄다. 뭐라도 해야 하니 유튜브로 온라인 투어를 시작했다. 투어로 수익을 창출하려면 투어비를 정하고 고객에게 돈을 요구해야 하는데 낯설었다. 돈 내라는 말을 해본 적이 없었기 때문이다. 아니, 투어비로 얼마를 책정해야 하는지 감조차 잡지 못했다. 무료로 제공하던 서비스에 가격을 매긴다는 걸 사람들이 받아들여줄지도 의문이었다. 그런데 '이 투어는 돈을 받을 가치가 있으니 나는 돈을 내겠다'며 구독자들이 자발적으로 나섰다. 우린 따로 비용을 책정하지 않고 수요자가 알아서 지불하도록 서비스를 열어두기로 했다.

융합이란 당신이 특별히 하고 싶은 어떤 일, 또는 잘하는 일(두 가지에 다 해당하면 더 좋다)과 남이 관심을 가질 수 있는 것들이 겹쳐지는 결합 부분을 의미한다. 융합은 당신이 좋아하는 것과 다른 이들이 그것을 위해 기꺼이 돈을 지불할 수 있는 것들이 서로 겹쳐지는 지점에서 발생한다.

창업을 시작하는 단계는 아주 간단하다. MBA 코스를 이수할 필요도 없고 벤처 캐피털도, 구체적인 사업 계획서도 필요 없다. 그저 사람들이 기꺼이 돈을 지불하고 싶어 하는 어떤 제품이나 서비스만 있으면 된다. 좀 더 구체적으로 설명하면 다음과 같다.

1. 제품이나 서비스: 당신이 팔고 싶은 것

2. 기꺼이 돈을 지불할 사람들: 당신의 고객

3. 결제 수단: 당신이 준비한 제품이나 서비스를 돈과 교환할 수 있는 방법

사람들이 진정으로 원하는 것은 무엇일까? 사람들은 결국 '행복'을 원한다. 가치란 무엇인가? 가치란 남에게 도움을 주는 것이다. 중요한 것은 사람들이 '원하는 것'이 무엇인지 알고 그것을 '제공하는 방법'을 찾는 것이다.[*]

전혀 몰랐다. 직접 하고 나서야 이거구나, 깨달았다. 코앞에 닥친 문제들을 해결해나가며 아무렇게나 점을 찍고 있다고 생각했는데, 어느새 점들은 하나의 선을 만들고 있었다. 단지 방송을 하고 있다고 생각했는데, 관점을 바꾸니 우리는 창업을 하고 있었다.

우리는 온라인으로 여행을 제공했고 여행을 원하는 이들이 유튜브 〈로마가족〉 채널에 모였다. 이 서비스

---

[*] 크리스 길아보, 『100달러로 세상에 뛰어들어라』, 강혜구·김희정 옮김, 더퀘스트, 2015.

는 무료로도 유료로도 모두 이용 가능하다. 여행자 본인의 선택이다. 그럼에도 기꺼이 투어비를 지불하는 사람들이 존재한다. 유튜브는 이들에게 편하고 손쉬운 결제 수단을 제공했다. 부단히 쫓아다니고 애를 써야지만 돈을 벌 수 있다고 생각했다. '돈을 주세요' 해야지만 비용을 지불하는 줄 알았다. 아니었다. 누군가 원하는 것, 간절한 것, 필요한 것이 우리에게 있었고 그것을 내어주자 자연스럽게 시장이 형성되었다. 공급자도 수요자도 고마워하는 시장이 탄생했다.

20년 가까이 여행 가이드로 먹고살았지만, 우린 이 일의 가치를 정확히 알지 못했다. 강산이 두 번이나 변하는 동안 이탈리아에서 한 가지 일을 해오며 겪은 우여곡절이 얼마나 큰 자산인지 미처 깨닫지 못한 것이다. 코로나19를 겪으면서, 가이드 일만 하느라 세상 물정 하나 모르고 할 줄 아는 것도 없다고 자조했다. 이 일이 우리를 다시 살릴 줄은 꿈에도 몰랐다. 낯선 사람들을 온라인으로 만나며 심장이 뛰었다. 그들은 우리조차 깨닫지 못한 우리의 가치를 일깨워주었다.

"우리, 구글에서 창업한 거야?"

팬데믹 이후 상상치 못한 수많은 일을 겪었지만, 올

해 첫 입금자가 구글이 될 줄은 정말 몰랐다. 그 돈이 말해주었다. 돈이 삶에서 최우선의 가치가 아니라고, 네가 가진 가치를 믿고 매 순간 할 수 있는 최선을 다 하라고. 세상은 여전히 따뜻하고 사람들은 가치를 알 아볼 것이고 그렇다면 돈은 자연히 따라올 거라고.

라이브가 시작되면 채팅창에 낯익은 닉네임이 하나 둘 등장한다. 누가 먼저랄 것 없이 서로의 안부를 묻는 다. 중간중간 '좋아요' 숫자도 체크하면서 "잊지 않았다 면 좋아요 눌러주세요" 고마운 코멘트를 남겨주는 것 도 구독자들이다. 기상천외한 댓글로 모두를 깔깔 웃 게 만드는 것도 그들이다.

며칠 전 유럽에 서머타임이 해제되면서 시간 변경 안내를 하는데, 구독자 한 분이 1988년 서울올림픽 때 는 한국도 서머타임을 시행했다는 댓글을 남겼다. 순 식간에 채팅창의 대화는 시간을 거슬러 올라갔다. 교 련 수업 받던 때부터 시작해 유럽을 '구라파'라 부르던 옛 시절 이야기가 꼬리에 꼬리를 물고 이어졌다. 86학 번과 86년생이 서로의 시간을 공유하며 울고 웃었다. 한국 시각으로 밤 10시 반에 시작된 채팅창 대화는 자정을 훌쩍 넘어서까지 이어졌다.

유튜브로 하는 여행이 얼마나 큰 울림을 줄 수 있을까. 솔직히 우리도 반신반의했다. 그런데 스트리밍마다 큰 고마움을 표현하는 이들을 만났다.

─전 이미 한국에서 코로나 위험군에 속하는 나이지요. 현재의 상황을 지켜보니 아마 내년에도 해외여행은 쉽지 않을 것 같고… 내후년에나 가능할까요? 그렇다면 제 인생에 남은 해외여행은 몇 번일까요. 그런데 이렇게 영상으로라도 여행을 할 수 있으니 얼마나 감사한 일인가요.

누군가에겐 셀 수 없이 많이 남은 여행이 또 누군가에겐 손에 꼽을 만큼 남은 여행이기도 하다.

─결정장애 심한 제가 겁 없이 일을 저지를 때가 있는데 그게 바로 여행이에요. 한 살이라도 어릴 때 먼 곳부터 시작해야 한다고 남편과 동유럽 한 번, 아들과 이탈리아 한 번 이렇게 나름 큰 사고를 쳤었죠. 다녀오

니 아쉬워요. 이탈리아는 특히나 더. 그래서 이리저리 뒤적이다가 어떻게 〈로마가족〉을 알게 되었네요. 제가 또다시 여행의 꿈을 꾸고 있는 이탈리아에 이렇게 마음을 나눌 수 있는 사람들이 있다는 게 오히려 제게 행복한 일이에요. 금액은 비록 약소하지만 감사한 마음 나누고 싶었어요. 이제 그만 코로나가 물러가면 더없이 좋으련만 지금 우리 앞에 놓인 상황들은 전혀 그렇지가 않네요. 하루하루 우리에게 닥친 상황들을 슬기롭게 헤쳐나가다 보면 우리가 생각하지 못했던 기적 같은 일들이 일어날 것이라 믿어요. 어려움 속에서도 두 분이 날마다 새로운 즐거움을 찾아내리라 믿으며 작은 힘이지만 응원합니다.

그리고 돈으로도 살 수 없는 선물을 구독자들에게 받았다. 유튜브를 하면서도 제대로 하고 있는 것인지 매 순간 의문이었다. 인생의 조언을 구하고 조바심을 잠재워줄 어른과의 대화는 간절하지만 일상에서는 거의 이루어지지 않는다. 특히 외국에서 살아가는 우리에게는 더욱 힘든 일이었다. 그런데 우리가 불안과 조바심으로 흔들릴 때마다 잘하고 있다, 천천히 해도 괜찮다, 멋진 일을 하고 있다, 즐거운 모습에 우리가 행복하다, 이런 영상을 만들어줘서 고맙다, 우리가 더욱 단단해질 수 있는 말을 남겨주었다. 우리가 웃음을 잃지 않았던 것은 우리를 감싸 안던 말들의 따뜻한 온도 덕분이었다. 이 역병의 시대를 남편과 단둘이 관통하면서 이런 온도의 말들을 너무나도 간절히 원했다. 같은 시대를 살고 있지만 우리보다 더 많이 경험했고 겪어냈고 나아갔던 이들의 응원과 지혜를. 〈로마가족〉 채널에서 이루어진 비대면 연대는 우리의 생계뿐 아니라 일상까지 유지시켰다.

며칠 전 남편은 이탈리아 최남단 해변으로 향했다. 코로나가 다시 기승을 부리기 시작하면서 더 늦기 전에 맑은 가을의 이탈리아 남부 풍경을 구독자들과 함께하기 위해서였다. 일출부터 일몰까지, 그 눈부신 순간들을 함께했다. 이탈리아는 새벽, 한국은 평일 점심시간이었음에도 100명 가까운 사람들이 숨을 죽인 채 아드리아해 너머로 붉은 해가 떠오르는 모습을 지켜봤다. 무심결에 남편이 〈사노라면〉을 흥얼거리자 이상하게 눈물이 난다는 댓글들이 채팅창에 하나둘 올라왔다.

오손도손 속삭이는 밤이 있는 한

쩨쩨하게 굴지 말고 가슴을 쫙 펴라

내일은 해가 뜬다

내일은 해가 뜬다

그래, 오늘보다 더 찬란한 내일엔 또 내일의 해가 뜨
겠지.

30

부부 싸움을 망치러 온
나의 구원자

크리스마스가 지나고 며칠 뒤 남편이 무릎 통증을 호소하더니 얼마 지나지 않아 절뚝절뚝 다리를 절기 시작했다. 가이드 경력 17년. 지금껏 탈이 나지 않은 게 오히려 이상할 만큼 강도 높은 업무 환경이었다. 체력 하나만큼은 자신 있는 그였지만, 어깨 위로 겹겹이 쌓인 노동의 시간을 당해낼 재간은 없었다. 그는 나이가 들면 몸이 하나둘 고장 나기 시작한다는 지극히 자연스러운 사실을 마치 처음 알게 된 사람처럼 굴었다. 세월도 자신만큼은 비껴갈 거라는 굳은 믿음에 배신이라도 당한 듯 휘청거렸다. 무릎 치료야 이탈리아에서도 가능하지만, 그래도 한국에서 검사하고 치료하는 것이 한결 마음 편할 것이었다. 그래서 내가 먼저 한국행을 제안했다. 멍한 눈으로 무릎을 테이핑하던 그가 한순간 눈을 반짝이며 나의 제안을 덥석 물었다. 한국에 못 간 지 어느덧 3년째였다. 큰아이의 초등학교 입학에 코로나19까지 겹치면서 연례 행사였던 한국행을 몇 번이나 건너뛰었다.

그는 바로 비행기 표를 예약했다. 일을 쉬고 있는 지금 아픈 게 그나마 불행 중 다행이었다. 일을 하던 중에 아팠다면 그의 성격상 분명 치료 시기를 놓쳤을 테니까.

"잘됐어. 적절한 타이밍에 한국에 가서 치료하고 몸 관리도 하고 와."

남편이 한국으로 떠나면 나 혼자 이탈리아에 남아 두 아이를 책임져야 하지만, 그 정도는 할 수 있겠다 싶었다. 한국에서 격리해야 하는 기간까지 고려하니 1월에 떠나 3월이 되어야 돌아오는 일정이 나왔다.

'두 달 가까이 독박 육아. 까짓거, 할 수 있지. 뭐, 나 역시 진짜 한국이 그립고 가족들이 사무치게 보고 싶지만 참을 수 있지. 아… 무릎이 아픈 건 안쓰럽지만, 그래도… 아이들 없이 혼자 한국에 들어가는 건 정말 부럽다. 아니지, 이런 생각은 하면 안 되지. 그래도… 그래도… 내가 한국에 가려면 아이들을 데리고 가야 할 텐데, 두 아이 데리고 들어가려면 돈이 얼마야…? 이 시국에 그 돈을….'

한국 들어가서 치료 잘하고 푹 쉬고 돌아오라고 호기롭게 말은 했지만, 막상 남편의 출국 날짜가 다가오자 감정이 널을 뛰기 시작했다. 한국에 가고 싶은 마음과 가족에 대한 그리움, 그리고 두 달 동안 남편 없이 아이들을 보살펴야 한다는 불안이 점점 현실로 다가오면서 하루에도 몇 번씩 화가 치밀어 올랐다. 남편은 그런 내 복잡한 마음 따윈 아랑곳없이 한국행에 대한 설렘으로 나날이 얼굴이 좋아졌다. 절뚝거리던 다리도 눈에 띄게 호전되는 것 같았다. 아무리 신난다고 해도 여기 남는 사람 생각도 좀 해주면 좋을 텐데. 괜히 서운했다. 내가 가라고 해놓고선 실은 마음이 너무 괴롭다고 내 입으로 고백하긴 창피했다. 보는 사람 배 아프니까 티 좀 작작 내라고 하기엔 너무 없어 보이잖아.

그래도 눈치 좀 챙기라고 짜증을 툭툭 던져보았지만, 남편은 영 알아채지 못했다. 쟤가 왜 저럴까, 어떻게 기분을 풀어줄까 고민 좀 해주면 좋겠는데, 내 감정이 격해질 때면 남편은 그저 그 자리를 피하기에만 급급했다.

결국 폭발하고 말았다.

"이곳에 남을 나에 대한 배려는 없어?"

내 말에 남편이 미안해할 것이라고 생각했는데, 그건 오산이었다.

"당신이 가라고 했잖아. 근데 이제 와서 못마땅한 거야? 나 한국 간다고 마냥 좋지만은 않아. 남은 당신이랑 아이들 걱정이 왜 안 되겠어. 그러는 당신은 나를 얼마나 배려했는데? 나, 그동안 눈치 많이 봤어. 평소보다 애들하고 시간도 더 보내고 저녁 준비도 많이 했어. 나보고 어쩌라는 건데? 당신은 기분 안 좋아지면 매번 다른 사람한테 화풀이를 하는데, 나 그거 정말 싫어."

"한국 가는 게 못마땅하다는 게 아니야. 내가 한국 가서 치료받으라고 한 건 당신에 대한 배려였어. 이제 당신이 나에 대해 생각해달라고. 내가 이거 해줘 저거 해줘 해서 해주는 거 말고 내가 떠나기 전에 이런 거 해주면 좋아하겠다. 당신 스스로 그런 생각을 해달라는 거야. 그리고 한 번쯤은 그냥 져주면 안 돼? 꼭 내 감정이 잘못되었다고 느끼게 만들어야만 해? 그냥 다 당신이 잘못한 걸로 하면 안 돼? 다 미안하다고, 전혀 배려하지 못했다고, 말이라도 그렇게 해줄 순 없는 거야? 그냥 다 당신이 미안한 걸로 해. 그냥 다 당신이 배려 못 한 걸로 해달라고!"

남편은 영원히 모를 것이다. 내 마음을 먼저 들여다보려는 노력 따위는 절대 하지 않을 것이다. 그런 그에게 뭘 바라는 건지 나 자신도 모르겠다. 나조차도 답을 모르니 그저 남편을 쥐고 흔드는 수밖에. 남편도 환장할 노릇이겠지. 그래서 내 감정은 오늘도 널을 뛴다. 풍랑을 만난 배처럼 오르락내리락, 온종일 멀미가 나는 것 같았다.

불똥은 아이들에게 튀었다. 난장판인 거실이 내 눈에 들어왔다. 다음은 예상 가능한 시나리오.

"나와서 거실 치워!"

아무것도 모른 채 신나게 유튜브를 보던 두 아이가 쭈뼛쭈뼛 나와서 장난감을 상자에 담기 시작했다. 바닥에 쪼그리고 앉아 주섬주섬 장난감을 치우던 첫째가 긴 한숨을 내쉬었다.

'어쭈, 한숨을?'

다시 화가 끓어오르려던 찰나, 첫째가 나를 올려다 보며 씩 웃었다.

"역시 엄마는 나 없이는 안 된다니까."

어이가 없어 웃음이 터졌다. 거짓말처럼 화가 누그러졌다. 펄펄 끓어넘치던 분노가 한순간에 식어버린 것이다. 나의 화를 아이가 튕겨냈다. 능청스러운 웃음 한 번으로.

그때 깨달았다. 내가 남편에게 원한 건 이거구나. 짜증을 부리고 화를 내도 그냥 튕겨내주기를 원했던 거구나. 화를 화로 받지 않고 짜증을 짜증으로 받지 않고 이 감정을 다른 방향으로 전환해주길 간절히 바랐구나. 역시 넌 나 없이는 안 돼, 하고 안아주길 바랐구나. 떠나기 전에 가까운 데 바람이라도 쐬러 가자고 말해주길 기다렸구나. 네가 이렇게 어렵게 마음을 먹고 한국에 다녀오라고 이야기해줬구나, 하며 고맙다고 말해주길 원했구나.

어린 아들도 아는 것을 아비는 모른다. 아…. 제발, 아들아, 아버지한테 연애 좀 가르쳐줘라.

장난감을 다 치운 아이가 동생 손을 잡고 방으로 들

어갔다. 마치 내게 감정 추스를 시간이라도 주려는 듯.
나는 잠시 멍하게 앉아 있다가 방으로 들어가 아이들에
게 말했다.

"화내서 미안해. 곧 아빠가 한국에 들어가잖아. 아
빠가 한국 가고 엄마 혼자 있을 생각을 하니 마음이 좀
힘들었어."

"엄마 힘들었어? 사실 나도 아빠가 한국 간다고 생
각하면 눈물이 나. 내가 도와줄게. 설거지도 하고. 엄
마 울어?"

아이들이 나를 꼭 안아주었다. 그들의 아비가 나중
에 내게 전하길, 그 일이 있고 첫째가 따로 이야기를
했다고 한다.

"아빠, 한국 가도 엄마 생각 많이 해줘."

아비는 덧붙였다.

"내가 이안한테 배워야겠어."

며칠 뒤, 남편이 요리를 하다 달걀프라이를 뒤집는
기술을 선보였는데 이안이 감탄하며 말했다.

"우아! 이렇게 멋진 아빠가 한국에 가면 슬퍼서 어쩌
지?"

순간 남편과 내 눈이 딱 마주쳤다. 뭐랄까… 남편의 눈빛이 '이게 내가 너에게 바라는 멘트야'라고 말하고 있었다. 티는 안 냈지만, 아내가 저렇게 말하면 내가 남편이라도 고마운 마음이 우러나올 것 같다고 생각했다.

내가 그에게 바라는 것을 그라고 왜 안 바라겠는가? 17년을 쉬지 않고 일했고, 작년 한 해 가이드 일을 할 수 없는 상황에도 수입을 만들겠다고 매일 새벽 카메라를 들고 나가 유튜브로 라이브 방송을 한 그다. 치료 목적이 아니더라도, 이번 한국행은 수고한 20년 가까운 시간에 대해 충분히 받아 마땅한 보상이다. 그런 그를 맘 편히 보내주지 못하는 나도 참 못났다.

며칠간 우린 눈만 마주치면 싸우고 화해하기를 반복했다. 지겨운 싸움의 반복 속에서 서서히 접점에 가까워지기 시작했다. 우린 각자 자신이 원하는 것을 끊임없이 요구하고 있었다. 아들의 말을 통해서야 우린 겨우 이 싸움을 끝내는 법을 알게 되었다. 서로가 요구한 것을 그냥 해주면 된다는 것을. 상대방을 많이 생각해주면 된다는 것을. 화를 화로 받지 않으면 싸움이 되지 않는다는 것을.

나는 그가 혹여나 표현하지 못했다 해도 진심을 믿어
주겠다고, 그는 내가 알고 있을 거라고 생각돼도 계속
표현해주겠다고 서로에게 약속했다. 그리고 매일 아침
서로에게 고맙다고 말로 표현하기로 했다. 막장으로 치
닫던 부부의 세계에 평화가 찾아온 순간이었다.

　부부 싸움을 망치러 온 나의 구원자. 배움의 길은 아
주 멀고 험난할 것 같지만 제발 포기하지 말고 우리에
게 많은 기술을 전파해주렴.

31

당연하지 않은 일

　　　　　　매주 토요일 오전에 우리는 서점에 간다. 주
말을 서점에서 시작하는 셈이다. 지난주에는 서점 가
는 길에 이안이 내게 물었다.

"엄마, 저것 좀 봐. 인터넷으로도 슈퍼 물건을 주문
할 수 있다는데?"

아이가 가리키는 쪽을 보니 한 건물에 온라인 장보
기 광고판이 크게 붙어 있었다. 나에게는 이미 익숙한
온라인 장보기가 아이 눈에는 신기하게 다가온 듯했
다. 이탈리아 사람들은 코로나19를 겪으면서야 온라인
장보기를 시도하기 시작했다. 여전히 대중적이라곤 할
수 없지만, 코로나 상황에 따라 하루아침에 규제가 뒤

바뀌는 이탈리아에서 온라인 장보기는 점차 그 영역을
확장해나갈 것이다.

"응, 인터넷으로도 슈퍼를 이용할 수 있어. 아, 그리
고 책도 살 수 있어. 넌 어때? 인터넷으로 사는 게 좋
아, 아니면 이렇게 직접 서점에 가서 사는 게 좋아?"

"난 가서 사는 게 좋아. 왜냐하면 돌아오는 길에 레
모네이드를 마실 수 있잖아."

내가 이안의 나이였을 때, 아빠는 대구의 한 백화점
에서 남성복 매장을 운영했다. 주말이면 오빠와 나는
매장 한구석에 앉아서 아빠의 일이 끝나기를 기다렸
다. 1990년대 초만 하더라도 백화점에는 교보나 영풍
같은 대형 프랜차이즈 서점이 없었다. 대신 아동복 코
너 한쪽에 작은 서점이 마련되어 있었다. 책의 종류가
다양하지는 않지만 아이들이 좋아할 만한 책은 제법
많았다.

나는 주말마다 그곳에서 읽고 싶은 책을 골랐다. 주
로 추리소설이었다. 아직도 친정 책장에 꽂혀 있는, 당
시 내 작은 손에도 쏙 들어오던 애거사 크리스티의 문
고본 시리즈를 특히 좋아했다. 책을 고르기 위해 앞의

몇 장은 반드시 읽어야 했지만, 행여나 실수로라도 마지막 부분은 펼치지 않으려 조심했다. 한 권 한 권 책을 사 모으면서 나만의 컬렉션이 채워지는, 그런 뿌듯함이 있었다. 아빠는 일을 마치고 우리를 백화점 뒷골목의 오래된 중국집으로 데려가 저녁을 사주곤 했다.

나에게 서점은 아빠를 기다리는 시간, 마음에 쏙 드는 책을 발견하는 시간, 짜장면에 갓 튀긴 군만두를 먹는 시간들이 한데 뒤섞인 공간이다. 그러니까 지금도 서점에서 책을 사는 일은 빽빽한 서가에서 어떤 시기의 기억을 뽑아 드는 것과 같다. 그 덕에 나는 여전히 책을 좋아한다. 물론 산 책을 다 읽은 것은 아니다. 표지가 예뻐서, 제목이 그럴싸해서 산 책도 많았다. 막상 읽으니 어렵고 지루해서 다시 책장에 처박아두기도 하고, 몇 년이나 지나 읽기도 했다. 결국 읽지 않은 책도 있다.

두 아이는 독서를 좋아하지 않는다. 책을 샀다고 해서 그날 집에 돌아와 바로 읽는 것은 아니다. 신나서 책을 고르기만 하고 정작 집에선 읽지 않는 때가 더 많다. 서점을 나와 바에 들러 레모네이드를 홀짝이며 몇

장 펼쳐보는 게 다인 날이 허다하다. 그런데 아이들은 서점에 가는 토요일이 가장 좋단다. 아이들에게도 서점 가는 일이 단순히 책만 사기 위함이 아니기 때문이다. 아이들도 분명 이 순간을 마음의 서가에 차곡차곡 꽂고 있을 것이다.

학창 시절, 친구들과 자주 놀러 가던 대구 동성로 중심에는 타워레코드가 있었다. 인터넷이 없던 시절, 팝송에 목말라 있던 우리에게 그곳은 성지였다. 하루 종일 머물며 레코드 가게에서 흘러나오는 새로운 사운드에 열광했다. CD를 미리 들어볼 순 없었기 때문에 다른 수록곡들은 전혀 모른 채 사야만 했다. 한 곡만 좋고 다른 곡들은 다 별로인 경우도 있었고, 기대하지 않았던 명곡을 만나기도 했다. 종종 전혀 모르는 가수의 CD를 앨범 재킷만 보고 혹해서 구입하기도 했다.

그렇게 실패와 성공을 거듭하며 나만의 리스트를 만들어나갔다. CD의 포장을 벗긴 다음 CD플레이어에 올리고 지잉… CD가 돌아가고 몇 초 뒤 노래가 흘러나오기 시작하는 순간 심장에 나비가 날아다니는 듯 간질간질했다. 여전히 소중하고 생생한 감각이다. 이런 감각이 존재하지 않는 세상이 가능할까?

그러나 타워레코드는 우리가 성인의 나이가 되기도 전에 사라졌다. 아이는 유튜브를 통해서 노래를 듣는다. 유튜브는 얼마나 친절한지 나만의 리스트 만들기에 실패하지 않도록 내가 좋아할 만한 곡들로 밥상을 친히 차려준다.

서점 바닥에 철퍼덕 주저앉아 열심히 책을 고르는 아이들을 바라본다. 선택의 시행착오를 겪으며 좋아하는 책의 리스트를 채워나가고, 읽지도 않을 책을 사고, 책을 품에 안고 집으로 돌아가는 길에 레모네이드를 마시는 상큼한 설렘을 아이들이 오래오래 누리면 좋겠다. 독서가 아니라 책 자체에 대한 행복한 기억을 아주 많이 함께 만들고 싶다. 언젠가 꺼내서 펼쳤을 때 애쓰지 않아도 흐뭇한 표정이 얼굴에 번지면 좋겠다. 그런 생생한 감각을 기억하는 아이라면 훗날 자라서 빠르게 변하는 세상 속에서도 서점을 계속 찾지 않을까.

한 공간의 생명력을 지속시키는 건 그곳을 방문하는 이들이라고 믿는다. 혼자서 두 아이를 데리고 마트에 가고 서점에 가는 일에는 사실 큰 각오가 필요하다. 어느 순간 정신이 안드로메다로 가버리기 십상이기 때문이다. 보통 외출의 끝은 두 아이를 혼내는 일로 마무리 되지만, 그래도 나는 토요일 아침이면 아이들을 앞세우고 서점에 간다.

이 글을 쓰는 동안 로마에 3주간의 락다운이 확정됐다. 그동안 상황이 조금씩 나아지고 있다고 생각했는데, 설마 다시 되돌아가는 건 아니겠지. 아무튼 이번 주 토요일이 우리가 서점에 갈 수 있는 3월의 마지막날이 될 것이다. 우리가 토요일 아침마다 서점으로 향하는 이유 하나가 추가되었다.

당연한 일이 아니라서.

서점에 갔다가 레모네이드를 마시는 일이 결코 당연한 일상이 아니라서.

32

떠난 자와 남은 자

파올로 코녜티의 소설 『여덟 개의 산』에서 아버지는 아들에게 질문 하나를 던진다.

"저기 강이 보이니? 강물을 흐르고 있는 시간이라고 가정해보자. 우리가 있는 이곳이 현재라면 미래는 어느 쪽에 있을까?"

아들은 저 아래 물이 떨어지는 곳이 미래라고 답한다. 아버지는 틀렸다면서 이렇게 덧붙인다.

"다행히도 말이지."

세월이 지나 아들은 강물을 거슬러 오르는 송어들을 보며 생각한다. 그날, 위에서 내려오는 저 물이 미래라 답해야 했다고. 나를 거쳐 아래로 흐르는 저 물은 이미 과거다. 시련일지 축복일지 전혀 짐작할 수 없는 미래의 산기슭에 서서 흘러 내려오는 물줄기를 바라보며 생각한다.

'한 치 앞을 알 수 없는 미래'라는 말이 이토록 섬뜩하게 다가온 적이 있었나. 여행 가이드에게 여름은 성수기고 겨울은 비수기다. 봄에는 곧 다가올 성수기를 준비하고 가을에는 앞으로 닥칠 비수기를 대비하는, 참으로 예측 가능한 계절을 살았다. 계절과 계절 사이 크고 작은 사건들이 끼어들긴 했지만, 계절의 흐름을 막진 못했다. 이렇게까지 느리게 살아도 되나, 싶을 만큼 이탈리아의 고요한 일상에 익숙해진 삶이었다.

코로나19는 견고했던 이 계절을 송두리째 뒤흔들어 놓았다. 그동안 참 많은 사람이 로마를 떠났다. 누군가는 작별 인사를 전했고, 누군가는 말 한마디 없이 떠났다. 생명의 위협을 피부로 느꼈다. 확진자 수치는 너무나 높았고, 이탈리아 정부의 대응은 미흡했다. 그럼에도 불구하고 로마에 남은 이들이 있었다. 가족 모두가 비행기에 오르려면 당장 목돈이 필요했고, 설사 한국에 돌아간다 해도 다 함께 신세 질 곳이 마땅치 않은 이들이 로마에 남았다. 그리고 버텼다. 남은 자들도 떠난 자들도 여름까지만 버티면 될 거라 믿었다. 몇 달 뒤면 다시 일상을 되찾을 수 있겠지, 몇 달 뒤면 다시 일할 수 있겠지. 그랬기에 떠날 수 있었고, 그랬기에 남을 수 있었다.

그러나 속절없이 1년이란 시간이 흘렀고 정신을 차려보니 2021년 1월이었다. 사람들이 또다시 로마를 떠나기 시작했다. 이번엔 어떻게든 로마에서 삶을 유지하려고 버티고 있던 가족들이었다. 차를 팔고 아빠만 돈을 벌기 위해 한국으로 들어갔던, 그렇게라도 남아서 버티려고 했던 이들도 하나둘 로마에 작별을 고했다. 이번에도 생명의 위협 때문이었다. 바이러스보다 더 무서운 생계의 위협. 그들 중엔 20년 넘게 이곳에서 뿌리를 내린 가족도 있었다. 떠나는 자, 남는 자 모두 울었다. 로마에서의 삶을 시작할 때 상상한 마지막 모습은 절대 이런 게 아니었다. 적어도 자신의 의지가 아닌 떠밀리듯 마무리를 하는 것은 아니었다. 갑작스러운 이별이 불러온 감정에 한동안 많이 힘들었다. 서럽고 원망스러웠다.

친하게 지내던 지인이 이삿짐을 정리하다가 아이의

장난감을 나눠주었다. 딸아이가 그 집에 놀러 갈 때마다 가지고 싶어 하던 요술봉이었다. 생각지도 못한 선물을 받고 행복해하던 아이가 짐짓 진지하게 물었다.

"그런데 이거 왜 주는 거야? 이제는 안 좋아? 왜?"

장난감을 선물받은 것은 기쁘지만, 이 엄청난 걸 왜 주었을까 궁금했나 보다.

"응…. 이제 한국에 간대. 그래서…."

목이 메었다. 누군가는 떠났고, 누군가는 남았다. 지난해 초만 해도 이탈리아에 남기로 한 우리의 결정에 확신이 있었는데, 이제는 잘 모르겠다. 그저 미래가 아닌 내일을 생각하며 오늘 당장 할 일에 최선을 다할 뿐이다. 저 산 위에서 내려오는 물줄기를 예측하는 일은 어차피 무의미하다. 다만 떠난 자와 남은 자 모두가 부디 평온하길. '그때 남을걸' '그때 떠날걸'이라는 후회가 우리의 계절에 존재하지 않기를. 각자의 삶에 건강한 평화가 가득하기를… 기도할 뿐이다.

그때 강물에 사는 물고기에게 벌레, 나뭇가지, 나뭇잎 그리고 이 외의 모든 것들은 산으로부터 오는 것이라는 하나의 사실을 깨닫기 시작했다. 그래서 물고기는 앞으로 흘러

내려올 것을 기대하며 위쪽을 바라본다. 지금 우리가 있는 곳이 현재라고 한다면 과거는 나를 지나쳐 흘러간 물이다. 그 물은 아래 방향으로 흘러간다. 반면에 미래는 놀라움과 위험을 품은 채 위에서 내려오는 물이다. 아버지에게 이렇게 대답했어야 했다. 운명이 어떻든 간에 그 운명은 우리 머리 위, 산에 있다고.*

---

* 파올로 코녜티, 『여덟 개의 산』, 최정윤 옮김, 현대문학, 2017.

고속도로를 달리다가 캠핑카가 보이면 남편은 이렇게 말하곤 했다.

"언젠가는 캠핑카를 타고 이탈리아 남부로 가족 여행을 떠나는 게 꿈이야."

나는 캠핑 하면 '불편'이라는 단어가 제일 먼저 떠오르는 사람이다. 그러니 내 반응은 매번 시큰둥할 수밖에. 캠핑카 여행을 하려면 아이들이 그래도 어느 정도 커야 한다는 핑계로 남편의 꿈을 미루고 미뤘다. 이안이 초등학교에 들어가면 생각해보자며. 막상 첫째가 초등학교에 들어가자 장기 여행은 여름방학이 아니면 불가능해졌다. 그런데 어쩌나, 남편은 1년 중 여름에 가장 바쁜 여행 가이드였으니. 그때 우리는 돈은 있었지만 시간이 없었다. 그러니 캠핑카 여행에 대한 열망도 조금씩 사그라들었다. 시간도 없는데 의지마저 없으니 일이 진행될 리 만무했다.

그렇게 그해 여름이 지나갔다. 하지만 아쉽거나 하진 않았다. 늘 그러했듯 여름은 또다시 돌아올 테니까. 그런데 듣도 보도 못한 계절이 여름보다 먼저 우리를 찾아왔다. '팬데믹'이라는 이름의 혹독한 계절이었다. 그 계절은 남편의 일자리를 하루아침에 앗아갔고, 덕분에 우리는 가족이라는 이름으로 서로를 호명한 지 10년 만에 가장 많은 시간을 함께 보내게 되었다. 드디어 우리에게 시간이 생긴 것이다. 하지만 돈이 없었다.

우리 가족은 팬데믹의 직격탄을 맞은 2020년 3월부터 이탈리아에서 살아남기 위해 안간힘을 썼다. 살려고 하니 어떻게든 살아졌다. 그사이 많은 게 변했다. 졸지에 생계형 유튜버가 되었고, 넉넉하진 않지만 하루하루를 살아갈 만큼의 돈을 벌었다. 그러는 동안 코로나19 상황도 조금씩 나아졌고, 잔뜩 움츠려 있던 긴장이 풀리면서 뜬금없이 남편의 꿈이 떠올랐다.

"언젠가는 캠핑카를 타고 이탈리아 남부로 가족 여행을 떠나는 게 꿈이야."

나는 고민 끝에 남편에게 말했다.

"캠핑카 빌리자. 아이들 여름방학 시작하면 바로 떠나자."

팬데믹을 겪으며 알았다. 인생에 계획대로 되는 건 하나도 없다는 걸. 우리가 가진 그 어떤 것도 확실하지 않다는 걸. 불확실이 디폴트가 되어버린 세상에 무모하다는 이유로 도전을 망설일 이유는 전혀 없었다.

"위험도 안정도 예측할 수 없다면 앞으로 우리의 일상은 매일이 모험이겠지. 그 모험 한 자락에 캠핑카 여행의 풍경이 담긴다면 그것도 나름 멋지지 않겠어?"

남편의 얼굴에 화색이 돌았다. 막상 결정을 하고 나니 마음이 편안해졌다. 왜 진작 마음먹지 못했을까. 그런데 뒤에서 잠자코 우리를 내려다보던 현실이 어깨를 톡톡 두드렸다.

'이봐, 정말 멋진 생각이야. 그런데 캠핑카 빌릴 돈은 있어? 여행 경비는?'

평소 돈 개념 없는 남편도, 돈에 전전긍긍하는 나도 그 순간만큼은 같은 생각을 하고 있었다. 그건 그때 가서 생각할 것. 코로나가 만들어낸 작은 기적이었다. 돈 문제 앞에서 우리가 의견 일치를 보다니!

캠핑카 여행이 생각보다 너무 힘들면 어떡하지? 이 문제에서도 우리의 생각은 같았다. 고생하면 그것대로 재밌는 영상이 나오겠지. 잊지 말자. 우리는 지금 생계형 유튜버라는 것을. 즐거워도 힘들어도 결국 우리에겐 다 멋진 여행이 될 수밖에 없다. 그러니까 이건 승률 100퍼센트의 모험이다!

다음 날 바로 캠핑카를 예약했다. 15박 16일의 짧지 않은 여정. 불확실한 시대에 너무나도 잘 어울리는 비이성적이고 즉흥적인 여행이었다. 지난 1년 우리는 다시 일상으로 돌아갈 때까지 어떻게든 버텨보자는 심정으로 숱한 '처음'에 도전했다. 돌이켜보니 그 많은 도전 덕분에 우리의 삶이 이전과는 전혀 다른 방향으로 향하게 되었음을 깨달았다. 어쩌면 우리가 할 이 새로운 방식의 여행은 새로운 삶의 시작을 알리는 신호탄일지도 모르겠다는 생각이 들었다.

남쪽으로 향하는 여행길에, 2,000년 된 올리브나무가 빼곡한 어느 농장에서 하루를 묵었다. 그들은 7대째 고대 로마의 올리브 재배 방식을 따르며 농장을 이어가고 있었다. 2,000년을 산 올리브나무는 제멋대로 휘어지거나 꼬여 있었고, 껍질은 자글자글한 주름으로 뒤덮여 있었다.

올리브나무 아래 서 있으면 그가 겪어낸 무수한 세월이 내 몸 안으로 밀려 들어오는 것 같았다. 너무나도 벅차고 아름다운 경험이었다. 수천 년을 묵묵히 버텨온 나무들을 옛 방식으로 가꾸고 지켜나가는 일이 힘들진 않은지 농장 주인인 코라도 씨에게 물었다.

"현대적인 방법은 분명히 존재해. 사람의 노동이 불필요하지. 기계로도 충분하니까. 실용적이고 편리하다고 말할 수는 있지만 결코 아름답진 않잖아. 올리브 맛도 좋지 않고."

전통과 가업을 지켜야 해서 어쩔 수 없이 하는 게 아니라, 나에게 이것이 아름답기 때문에 그리고 이 아름다움을 가장 잘 유지하는 방법이기 때문에 한다는 그의 말에 내 가슴이 뛰었다.

농장에 도착하기 전까지 남편과 수시로 싸웠다. 밖에서 볼 땐 더없이 자유로운 방식의 여행을 하고 있음에도 누군가 뒤에서 쫓는 것 같은 조바심이 났다. 남편과 나는 우리가 지금 잘하고 있는 것인지 끊임없이 스스로에게 물었다. 대답은 신통치 않았고 이내 불안감이 찾아왔다. 그리고 그 불안은 서로를 향했다. 그런데 "너에게 아름답다면 가장 아름다울 수 있는 방법으로 해나가면 된다"라는 코라도 씨의 말에 세상과 타인에게 속수무책으로 일렁이던 우리 마음의 풍랑이 거짓말처럼 고요해졌다.

우리는 판도가 바뀐 세상의 낯선 방식에 어쩔 수 없이 적응해야만 했다. 시간이 지나 세상은 나름의 규칙을 세웠고, 우리의 삶엔 익숙함이 자리 잡아가고 있었다. 그런데 이제는 우리 스스로가 낯선 방식의 삶을 선택하려 한다. 코로나 시대를 살아내며 전염을 피하기 위해 사회적 거리를 유지해야만 했고 그로 인해 일상의 반경은 전보다 훨씬 더 좁아졌음에도, 우리는 그 반경 안에서 무수히 많은 인연을 만났다. 그리고 그들은 놀랍게도 우리가 향하고 있는 새로운 방향과 맞닿아 있었다. 마치 지난 1년이 우리 가족의 순롓길이었던 것만 같다. 물론 순례의 끝은 제자리였지만, 돌아온 그 자리에 이전엔 보이지 않았던 아름다움이 있었다. 아름다움은 언제나 그 자리에 있었지만 전혀 알지 못했다. 그리고 1년 동안 우리도 모르는 사이에 이 아름다움을 빛나게 할 방법을 체득했다. 그것은 분명히 낯설고 두렵지만 동시에 가슴 뛰는 일이다. 긴 순례를 마친 우린 그대로 우리지만, 여전한 우리는 아니다. 더 이상 겁내는 것을 두려워하지 않는다. 이제는 다른 누군가가 아닌 우리에게 우리 삶이 아름다워 보이기를 바라기 때문이다.

우리는 다시 길 위에 있다. 우리 앞에 펼쳐진 이 길이 순렛길인지 여행길인지는 잘 모르겠다. 하지만 중요한 사실은 길 위에 있다는 것, 그리고 우리에게는 아직 여정을 맞이할 용기가 있다는 것, 나는 길 위에서 그것을 알게 되었다.

우리는 다시 길 위에 있다. 자, 이제 신발 끈을 단단히 고쳐 묶고 걸어볼까.

우리가 우리에게 닿기를

초판 1쇄   2021년 10월 25일

지은이   김민주
펴낸이   김태형
펴낸곳   제철소
등록   제2014-000058호
전화   070-7717-1924
팩스   0303-3444-3469
제작   세걸음

전자우편   right_season@naver.com
인스타그램   instagram.com/from.rightseason

© 김민주, 2021

ISBN 979-11-88343-50-8 03810

이 도서는 한국출판문화산업진흥원의 '2021년 출판콘텐츠 창작 지원 사업'의 일환으로
국민체육진흥기금을 지원받아 제작되었습니다.